世界を変える知的障害者

ロバート・マーティンの軌跡

ジョン・マクレー 著
長瀬修 監訳／古畑正孝 訳

現代書館

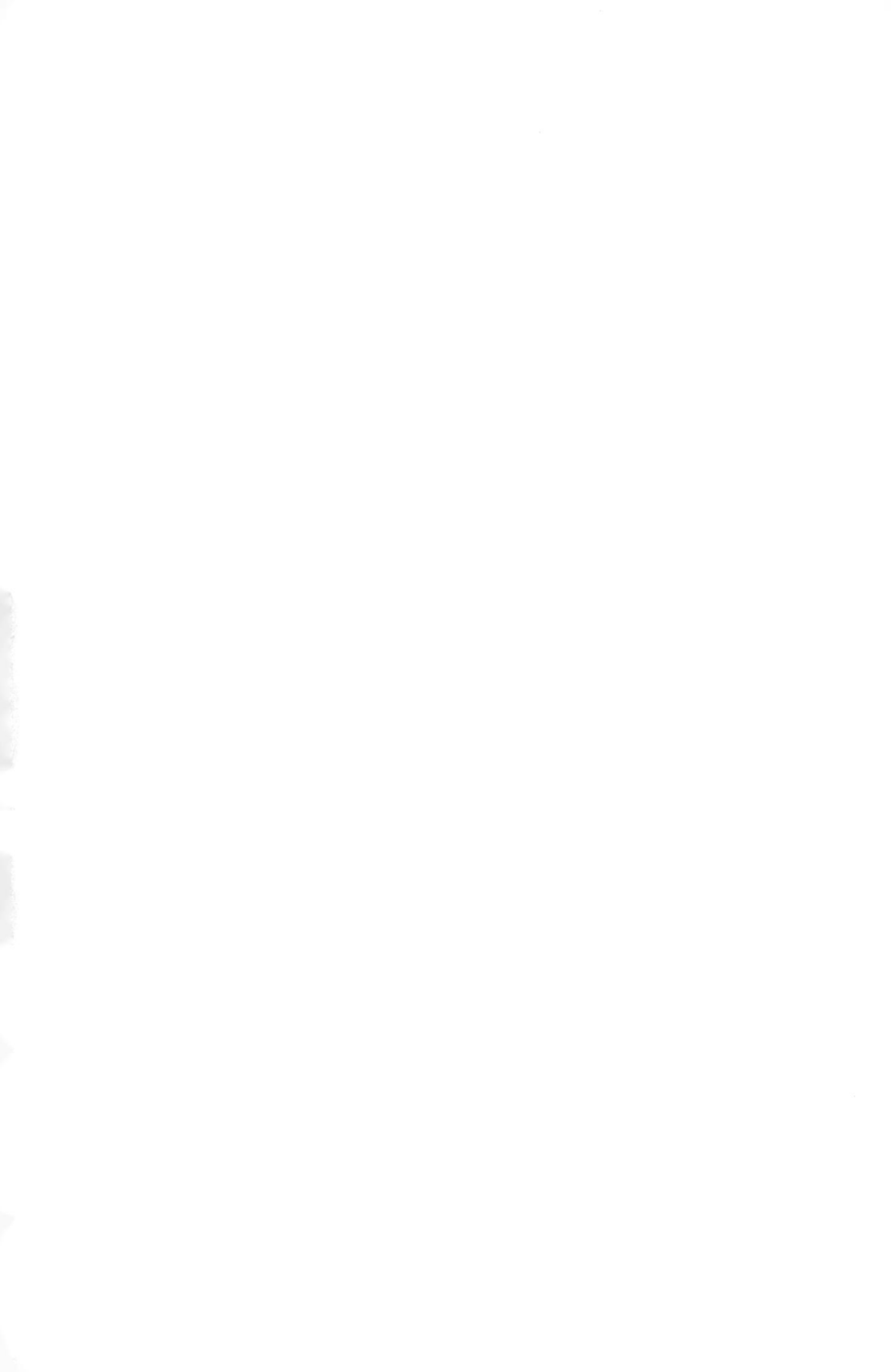

日本の読者の皆様へ

私の物語を読むことを選んでいただきありがとうございます。

私は美しい日本を何度か訪れたことがあり、親切な皆様に温かく迎えていただきました。交流のイベントにいくつも参加し、大いに楽しむこともできました。

知的障害をもつ方が抱える問題の多くは、日本においても私の国のものとさほど違わないことを知りました。

私はニューヨークで会議に出席し、国連障害者権利委員会への私の指名を推進してくれている各国の人たちと会っていて、最近帰国したところです。この投票は来年、二〇一六年に行われます。

これは私の生涯のもう一つの章で、このようなことは知的障害者にとって初めてのことです。これは私たちの生活の中での本当の発言権に関わることで、このレベルでは、その他の障害者とともにテーブルに着いたばかりの取組みです。それはニューヨークやジュネーブの国連の人たちだけに関係することでなく、私の故国の人たちに関わることで、すべての知的障害者の状況の改善について——皆さんや、皆さんと共に暮らす人々の状況の改善に関わることです。

私の生活は容易なことばかりではありませんでした。ですが、懸命に努力し、適切な助けが得られれば、人は自分の可能性を実現でき、山がどれほど高かろうと、そこに登ることができます。幸運なことに、私は長年にわたって多大な援助を受けてきて、これが今の私をつくるのに役立ちました。

日本にもスキルをもった知的障害者がきっと大勢おられることと思います。そうした方たちには、私が得てきたような自己啓発の機会、成長と参加援助の機会が必要です。これが人生の要です。ですから日本の友人たちにもぜひ可能性を最大限に実現してもらって山に、そう、富士山に登ってもらいましょう。

私たちの誰にも、セルフアドボケート（知的障害者の権利のために自ら活動する知的障害者）への途上で、権利と声を上げる方法について学び始める時点があります。障壁を押しやることが時には必要で、はじめは耳を傾けてくれない人もいるかもしれませんが、私たちにとって重要な問題を話し続ければ、そうした人たちも、障害者にも他の人たちと同じように権利があり、やはり自国の市民だということを理解し始めます。

これが一部の方にとっては読みにくい本かもしれないことは承知していますが、これは私のような人に起こることについての真実で正確な記述です。他にも知的障害のある数千の方々が、同じ問題を抱えて成長してきていますし、未だに多くの方々が、今日でもこうした問題を経験しています。

人生には面白い瞬間もあり、私はそうした瞬間についても語ることができました。

いつか皆様にニュージーランドを訪れていただき、私と友人たちに会い、私の国を見ていただけたら嬉しいと思います。

読者の皆様に本書を楽しんでいただき、また知的障害者の方々が触発され、自分の記憶を書き、山に登るのに役立ててほしいと思います。

皆様のご多幸をお祈りします。

二〇一五年七月

ロバート・マーティン
ニュージーランド、ワンガヌイ

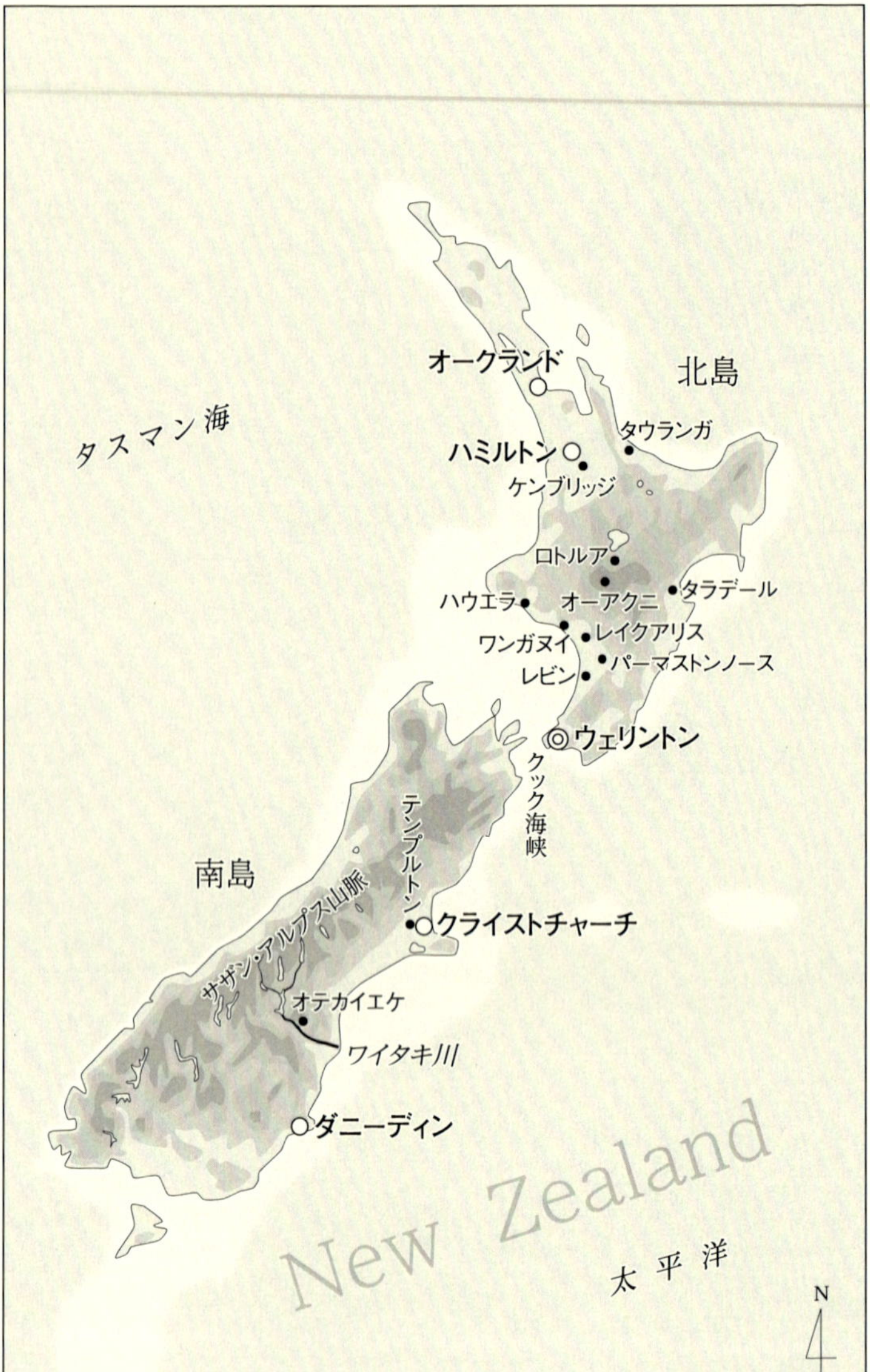

オークランド
北島
タスマン海
タウランガ
ハミルトン
ケンブリッジ
ロトルア
タラデール
ハウエラ
オーアクニ
ワンガヌイ
レイクアリス
パーマストンノース
レビン
ウェリントン
クック海峡
テンプルトン
南島
サザン・アルプス山脈
クライストチャーチ
オテカイエケ
ワイタキ川
ダニーディン
New Zealand
太平洋
N
200km

世界を変える知的障害者：ロバート・マーティンの軌跡＊目次

序

これはロバートの物語で、本人が書き始めたものの、語ることのあまりのつらさに投げ出したものです。彼は知的障害者にケアを提供し、その権利を推進する組織であるＩＨＣ（知的障害者連盟[訳注1]）本部の人たちに、「あなたの記憶を書いてみたらどうか」と言われていました。そこで、「鈍すぎて学校にも行けなかった」ロバート・マーティンは川沿いの町、ワンガヌイの家に帰って、一人ぼっちの自分のオフィスで毎日、ＩＨＣの人たちが望む物語を、取り戻された世界の年代記を、どのように国連に行って世界を変えるのを助けたかについての物語を書こうとしました。

ですが、ロバートの肉付きの良い指から流れ出す物語は彼を暗い場所に連れて行きました。文章をどのように始めたとしても、その軌跡はいつも、母親が自分の赤ん坊を渡す磨かれた廊下に彼を連れていくのです。ときには物語が月の輝く夜の中に迷い込み、そこで小さな子どもは虚ろな空の下をひたすら走るのですが、捕えられて傷心の場所へ、行き止まりの田舎道に沿った人目につかない村へ、誰かから「そんなことはない」と言われないかぎり自分が存在しないところへ連れ戻されるのでした。

ロバートは、自分や友人たちが子どもの頃にやったと同じように、自分の本を放り出しました。つらすぎたのです。苦痛が多過ぎました。

二〇〇三年に、私はロバートの物語を取り上げ、自分の仕事である映画で語ろうとしました。それは、捨てられた赤ん坊が活動家で指導者になるという、気持ちを高揚させる物語に、多分素晴らしい物語にさえなるはずでした。ですがロバートと友人の物語が形を取って行き、私がそれを誰かに伝えようとすると、人々はなぜそれが語る価値があるのかを理解できず、でなければ、その価値は認めても、資金を出して後押しするほどではないと考えるようでした。

それは、最初にロバート・マーティンと出会ったときから、私を捉えて離さない物語でした。彼との出会いは一九九五年のことで、私がＩＨＣの宣伝ビデオの仕事をしているときに、ロバートが知的障害者の人権について話すために部屋に入ってきました。彼と付き添いの人が到着したときにはカメラのセットで忙しかったので、私が初めてファインダーの中にその髪の毛を捉えたのは、ロバートが腰を掛け、私がピントを合わせるためにカメラをズームインしたときでした。その髪の毛たるやまさに大混乱といったありさまでした。そう、誰かが何とかいう製品を使って落ち着かせようとしたのですが、照明や撮影スタッフの騒ぎに慣れようと懸命なロバートの指が、髪の毛を掻きむしり続けました。髪の毛があらゆる方向に突き出し、何かに驚いて吊り上げられたままのように見える眉毛のために、乱れはさらにひどくなりました。ロバートの左目にはおかしいところがあり、鼻はどこかで折れていました。剃り残しの剛毛のひげがそうした印象を一層強めていました。私はその顔を、その正直さのゆえに一目で好きになり、数年後にロバートの画像を見たテレビ局の重役の第一声が、「美顔術をすれば何とか見られるのに」だったときに、ひどくむしゃくしゃした覚えがあります。

ロバートが緊張し、そうした状況に慣れていなかったために、インタビューの録画にはしばらく時間がかかりました。伝えたいことがあるのに、うまい言葉が見つからない場面がロバートには多かったのですが、何か人を驚かせるようなことを言ったときに、ただならぬ人生と瞬間を生きてきた人だということがうかがわれました。一語一語覚えている言葉があります。「どの時代にもその時代の大義があって、すべての人たちにはそれぞれの時があります。私は人生の中でマオリ女性福祉連盟(2)が立ち上がったのを見てきましたし、アメリカではアフリカ系アメリカ人による公民権のための闘争を見てきました。私たちは女性解放のための闘争を見てきました。そして今こそ私たちの時です。私たちの運動が新たな千年の運動になると私は信じています」。

ロバートがスタジオを去ったときに、私はIHCのビデオ制作の責任者だったピーター・ライナムに、会ったばかりのあの並はずれた人物のドキュメンタリーを作りたいと言いました。数年後に、ピーター・ライナムが電話をしてきて、今ならやってみてもいいかもしれないと言いました。

とは言っても、私が最初に考えたのはこの物語を誰か他の人に――多分プロデューサーか誰か、資金を確保するのがもっとうまそうな人に渡すことでした。興味を持ってくれる人は何人かいましたが、最後にはその責任は自分に返ってきました。それがほぼ一〇年にわたって何度も繰り返されました。

ロバートの切れ切れの話をまとめるという仕事は二〇〇四年の車での長旅で始まり、私はカメラとガンマイクだけの装備で、ロバートと旅をしました。ロバートについてほとんど何も知らなかったので、私は道連れになったこの男に、まずその生涯の物語で大きな意味のある場所へ行けるだろうかと頼みました。最初に訪れたのはワンガヌイのラグビー場で、彼はここで初めて大人のラグビーの試合をして誇らしく感じたのでした。それから私たちは南への長いドライブに出発し、ロバートがキンバリーと呼ぶ大きな悲しみの場所へと向かいました。

それが、私がニュージーランド全土と外国を訪れることになる多くの旅の始まりで、この冒険ともいえる仕事が長くなるにつれ、ロバート個人の長い放浪の旅には私たちの国の物語の中の、捨て去られ、抑圧された要素が含まれていることを、私は理解するようになりました。それは私が知る最高の物語になりました。

私はいつも、最終的には他の人たちも私の考えに同意してくれると確信していました。いつの日か私が送ったいくつもの資金申請のうちの一つが成功し、このドキュメンタリーが完成すると考えていたのです。ですが、そうはなりませんでした。答えはいつも同じでした。私が価値あるプロジェクトに携わっていることは喜ばしいことだが、残念ながら現時点では支援はできないという手紙でした。一番がっかりさせられたのは、施設に収容されてきたロバートのような人たちに関係するプロジェクトを支援する、フローズン・ファンド基金からの二通の断りの手紙でした。ロバート・マーティンが運営委員会のメンバーであるために資金援助はできないという答えは、何とも皮肉に感じられました。

最後の断りの手紙と、ワンガヌイでの撮影の間に車と装備をなくしたのが忍耐の限界でした。私はプロジェクトを断念して他の仕事に取りかかろうとしました。

ですが、ロバートの物語がそうはさせてくれませんでした。彼の人生の中のあれこれの場面が頭の中にいつの間にか戻って来て、夢の中で映画のように映し出されさえするのです。そのために、一種の悪魔払いの意味もあり、またロバートに対する約束を大事にする方法としても、私は彼の物語を書き始めました。それを自分にできる最善の方法でやりました——映画制作者として、ドキュメンタリーを言葉で制作したのです。仕事の仕方は奇妙に後ろ向きでしたが、その結果には自分でもびっくりしました。映画制作者の道具を奪われてみると、ロバートの言葉が特にはっきりと聞こえてくるように思えたのです。

私は、数えきれないほどのインタビューと放置された建物の画像が写っている、いくつもの箱に入ったビデオテープとハードディスク・ドライブを見直し、ロバートの生涯のドキュメンタリーのオープニングショットをもう一度見つけ出しました。その中の彼は、オーストラリアのメルボルンで大勢の聴衆の前に立っています。ですが、実際にはロバートが訪れた数千の町のうちの一つであっても同じことです。彼は演壇に立っています。膨れ上がったぼさぼさ頭の、やや背の低い男です。ネイビーブルーのジャケットを身に着け、到着はしたもののまだそうとは信じられずにいるといった笑みを浮かべています。そして眼鏡越しにニコッと笑います。

ありがとうございます。ここにいることができて嬉しく思います。私の人生と、聴衆の中にも大勢おられる私の友人たちの人生について、私の過去と未来について話すよう頼まれました。さて、私はみなさんを怖がらせたくはありませんが、でもこの話には少し時間がかかります。ここではドアの鍵は掛かっていないと思いますから、聴衆のみなさんは自分のことを囚われの身とは思わないでください。

笑いが起こります。さざめくような上品な笑いではなく、生涯の半分を自由に出入りできないドアの後ろで過ごした一部の人たちのばか笑いで、ロバートは自分がそうした友人たちの間にいることを感じ、いつものように話を始めます。「私の名前はロバート・マーティンで、私には知的障害があります」。

「いいぞ、ロビー（ロバートの愛称）」。一番大きな声で笑っていた一人が声をかけます。

そう、私には知的障害がありますが、だからと言って私の声が聞こえてはならないということにはなりません。私の物語は数多くの人々、知的障害があるために人間性を否定されている世界中の人々の物語なのです。

第一章　始まり

私にとってはすべてがその鉗子から始まりました。医者にちょっとした手違いがあって、私の脳が傷つけられたようです。そして人々は、なぜ私が医者を信用しないのかと不思議がります。

それは一九五七年のことで、長く続いた、きつい陣痛の後のパニックの中で、鉗子が現れました。赤ん坊は恐ろしいほどの傷を負い、片目がひどく傷つけられました。子どもの状態のあまりのひどさに、看護職員が母親に自分の子どもを見るのを許すまでに三日かかったことを、姉のヘザーは覚えています。ヘザー自身も難産で生まれ、医師は母親のヘイゼル・マーティンに対してもう一度自然分娩をしようと思ってはいけないと言いました。それにもかかわらず、新しい医師は母親の抗議を無視して、その結果、母親と赤ん坊のロバートが何時間も苦痛にさらされたあげく、鉗子が使われたのです。やっと息子を抱くことを許されたとき、ヘイゼルは小さな男の子の容貌がひどく傷つけられているのにショックを受けました。鉗子を押し当てられたために一面に打ち身と裂傷ができ、片目が傷つけられて、ずっとロバートの視力が妨げられることになりました。ですが、ロバートが出産によってどれほど永く続く傷を負ったかをヘイゼルが完全に理解するのには数カ月かかりました。家では、赤ん坊が授乳にひどく長い時間がかかり、何時間も何時間もぐずり続けては、突然けいれんを起こし、口からミルクを吐きだすことが分かっても、母親はこうした出来事を結びつけて考えることができませんでした。何週間も、それから何カ月も、子どもはゆっくりとしか成長せず、一週間、また一週間とたつうちに、ヘイゼルは赤ん坊が成長する中で見せる大事な出来事が見られないことに気がついて心配になります。最初の微笑みも、寝返りもなく、クークー言う声もクスクス笑いを聞くこともないのです。ようやくこれらの成長の印を見ることができたのは、一つひとつの印がロバートには現れないことに母親がひそかに心を痛めた後のことでした。

育児支援団体「プランケット」の看護婦と医師が母親に、子どもは時計とは違って、それぞれ自分のペースで動くものだと助言しました。ですが他の母親や赤ん坊を見て、自分の赤ん坊が他の赤ん坊よりどこか劣っていることにヘイゼルは悲しみを募らせ、おまけに他の母親からは遠慮会釈もなくそのことを思い知らされました。そしてある日、医療の専門家からロバートについての診断を伝えられました。

私は精神遅滞だとその専門家は言ったのです。他の子どもたちのように学ぶことはないし、ずっと子どものままで誰かの世話が必要だと。それから母親に言いました。「赤ちゃんを手放したほうがいいですよ。あの子のような子どもの世話の仕方を知っている場所があります。あの子のことは忘れて家へ帰り、もう一人赤ちゃんをつくりなさい」。

ロバートがこのことを集会で言ったとき、聴衆のどこかからうめき声が聞こえました——子どもか親が、専門家から同じようなアドバイスを受けたことを思い出したのです。

そう、当時は私たちのような人々には選択の余地はありませんでした。人々は私たちを怖がり、政治家と医者は私たちを社会から締め出したいと思っていました。ストレスを受けている母親に支援を与えるのではなく、地区やプランケットの看護婦が、「あなたには大変過ぎます。私たちに任せなさい。あなたの子どもはどこか他の場所に行く時期だと思いますよ」と言っていたという話を聞いたことがあります。「子どもを手元に置けば、あなたの家族はめちゃめちゃになって、ご主人はあなたを離縁し、あなたは一人で子どもを育てることになりますよ」と母親に言っていた医者も知っています。

ロバート・マーティンが生まれたのは、知的障害のある子どもを施設に入れることが急増している社会でした——そのために、一九六〇年代には、「精神遅滞」を理由に施設に入れられるニュージーランドの子どもたちの割合が、イギリスやアメリカの子どもたちの四倍になっていました。ロバートの子ども時代のニュージーランドは高度に体制順応的で、体制に従わない人たちには不寛容でした。数世代にわたる指導者が優生学に惹きつけられ、施設は、弱者と道徳的に堕落した者を排除するために用いられた場所でした。

施設への収容は国民一般に対してはケアと保護の政策のように装われていましたが、それは街中では醜悪さと卑劣さを示すものでした。そこには偏見と憎悪（ヘイト）が込められていました。障害のある子をもったカップルが、自分たちのすぐ側に生まれたおかしな子どもを恐れる友人や隣人にいじめられました。いくつもの友情が失われました。地方婦人協会の支部を訪れた病院の寮母は、母親が障害のある子を手許に置こうとすれば、他の子どもたちをおろそかにすることになると助言しました。屋根裏部屋や地下室、物置や鳥小屋で、親戚からさえ隠された子どもたち、実の親の名を隠すために捺印証書[3]で名前を変えられた赤ん坊たちの記録があります。

ですがロバートはそうした子どもたちの一人ではありませんでした。親の手許には置かれなかったのです。一九五九年、ロバートが一八カ月のときに、マーティン夫妻は医師のアドバイスを受け入れて、レビンという小さな町に近いレビン農場・精神遅滞者コロニーに、ロバートを連れて行ったのです。それから二人は家へ帰り、自分たちの暮らしを取り戻そうとしました。

ロバートは大人としての年月の全てを、美しい川と荒れ狂った海に挟まれた街、ワンガヌイで暮らしました。二〇〇六年に、私たちは彼の幼児時代を探して、両親の旅を再びたどってみようと、そこから南に向かいました。しばらくの間私たちは、海岸に沿って連なる青々とした羊牧場と野菜農園を抜けて車を走らせましたが、やがて困難な時代に廃れたいくつかの小さな町を通りました。こうした町の中で最も大きなレビンで、ロバートは左のキンバリー・センター（レビン農場・精神遅滞者コロニーが改称されたもの）を指す標識を身ぶりで示しましたが、一キロ半ほど行ったところで、私たちはあやうく目的地を見過ごすところでした。

キンバリーの村に向かう田舎道に沿って、あたかも村を覆い隠すかのように松並木が一列に続いていました。そこには多分六〇ほどの大きな建物が、タラルア山脈を背にした広大な公園に散らばっていました。ロバートがその場所を訪れた日は、建物の多くがひどく傷んでいたのに、果てしなく続く芝生は丁寧に刈られ、庭は手入れがされていて、春の花の甘い香りがしました。

レビン農場・精神遅滞者コロニー（後にキンバリー・センター）は、二〇〇六年には断末魔の苦しみの中にありました。それは数カ月以内の閉鎖を官報で告示された、ニュージーランドで唯一残る知的障害者のための施設でした。住人のほとんどはずっと前にいなくなり、わずかな人が残っているだけでした。あちらこちらの樹の下に何人かが新しい暮らしを待って座っていて、一、二度、電動車いすに乗った人が曲がりくねった小道をゆっくり通っていきました。けれども六〇年以上にわたって、数百人の人々が、木々の後ろに隠れて、ここで暮らしてきたのです。そこで死んだ何人かは、まだ墓標もない墓の中に隠されています。

このコロニーの最初の住人は一九四五年に到着しました。南島のクライストチャーチのテンプルトン・センターからバスで来た四二人の成人の男性と少年でした。彼らがやって来たキンバリー・ロード沿いのこの場所は多くの約束がなされたところでした。政治家とマスコミは、一九二九年に南島のテンプルトンの施設がオープンされてからずっと、北島にもこのような「精神欠陥者」のための施設を要求してきました。若者たちがはうようにしてバスから降りたときに、壮大な古い屋敷、何棟かの長い兵舎のような建物と木々の繁った森が点在する、四二ヘクタールの広大な土地を、彼らは驚きの目で見つめたことでしょう。

広大な芝生からは、涙と裏切りの歴史は少しもうかがわれません。一世紀前に、マオリの族長テ・ラウパラハが、殺された娘と息子の復讐の途中にこの地を通りかかるということがありましたが、数キロ西で行われた恐ろしい復讐の音も、タラルア山脈からの微風にずっと昔に散り散りになりました。一九〇五年からレビン農場・精神遅滞者コロニーが開かれるまで、この場所にはずっと数百人の追放された若者が住んできました。ウェラロア少年訓練農場として知られ、孤児や貧窮した若者、「精神薄弱者」、青少年の犯罪者など、規律と服従を教えられるためにそこへ行くことを裁判所によって命令された、八歳から一八歳までの者たちが収容されていました。

レビン農場はその残虐さで知られていました。残酷な刑罰を受けている少年たちのために大臣が介入するよう、二度にわたって請願がなされましたが、ようやく施設が閉鎖されたのは戦争の脅威が迫ったためでした。テンプルトンからのバスが到着する数年前、ヨーロッパと太平洋で戦争の嵐が吹き荒れているときに、キンバリーは空軍の所属になり、それによって数棟の建物が加えられました。

それが、二〇〇六年にロバートが管理ブロックに行く途中に通り過ぎた、ペンキの剝げかけた長い兵舎だったのです。ロバートは事務所で、彼の失われた子ども時代を垣間見せてくれることに同意した管理人と会うことになっていました。

第二章　赤ん坊の寮

キンバリー・センターは一九四五年に最初の居住者が到着してから、その増加につれて建物の数も増えてきました。小さな子どもたちを収容するブロックはロバートが到着する少し前の一九五九年に建てられたもので、その中のカニエレ棟はいくつかの長い廊下のはずれにありました。それは赤ん坊を収容する棟で、着替えや洗濯のためのいくつもの脇部屋がありました。主室への二重ドアは彩色された赤ん坊の手形のモンタージュで飾られていて、ロバートがスイングドアを押して中に入り、ドアの二メートルほど内側の、光沢のある茶色のリノリウムが貼られていた跡に立ったときに、そうした飾りが迎えてくれるのは気味の悪いものでした。壁はライトブルーに塗られ、四メートルぐらいごとに低い仕切りがあり、そのために大きながらんとした部屋が実際より小さく見えました。ロバートはそうしたすべてを目に収めると、言いました。

私がここへ来たのは本当に小さな赤ん坊のときでした。そして五歳になるまでこの部屋で暮らしました。当時のことで思い出せるのは、私たちは大勢だったということと、私は小さかったけれど、母親と、父親と、姉がいたのを知っていたことぐらいでした。みんなの名を呼んで泣きましたが、誰も来てくれず、私たちのような人には何も変わらないのが分かって、最後には泣きやみました。

ロバートは部屋の奥へ歩いて行きました。彼がある一点で立ち止まってこちらを向くと、ロバートの黒いスポーツシューズが示す場所を太陽が照らしていました。

ここが私の眠った場所です。あの窓を覚えています。あそこから月が私を見ていた夜もありました。覚えています、私はきっと本当に小さかったに違いなくて、丁度この場所でハチに刺されました。目のすぐ下です。私は大声で泣き続けました。誰もなだめることはできませんでした。でもその頃は、なだめてもらうなどということはあまりありませんでした。誤解しないでほしいのですが、私たちはちゃんと世話をしてもらい、食べさせてもらい、着替えさせてもらっていました。でも私には、他の子どものように、触られたり抱き締められたりした記憶がないのです。子どもとして愛されたことはありませんでした。私や他の子どもたちはみな……今でも、他の人に愛情を示すのが難しいと感じるのです。私は簡単には人を信頼しません。

ジェフ・ビューケネクスはロバートがカニエレ棟にいたときの、様々な棟で働く応援看護士で、後にロバートのことを知るようになりましたが、この少年の当時のことは思い出すことができません。ジェフの記憶にあるのは、棟が五十人以上の小さな子どもたちで一杯だったことと、全員に食事をさせ、着替えさせるのに時間がかかったということです。

ジェフは第二次大戦後のオランダを逃れて、ニュージーランドに補助移民(4)として来ていました。彼は若くて忍耐強く、将来の希望にあふれていました。新しい土地に熱帯の楽園を期待してやって来ましたが、すぐに暖かいジャケットを買うと、レビンへ向かいました。そこには精神障害看護という新しい仕事のチャンスがあると言われていました。

ジェフは最初から良くやり、仕事の相手である普通とは変わった子どもたちを愛しました。やがてその魅力と知性のために、キンバリーで一定の影響力をもつようになりました。その影響の一部はロバート・マーティンにも及ぶことになりますが、それはまだ先の話です。その時点では、ロバートはカニエレ棟で、話すことと歩くことをゆっくり学んでいました。ロバートは食事を与えられ、清潔にしてもらっていましたが、失われた子ども時代のことを後年、次のように語りました。


私たちは地域社会から締め出されていました。自分たちの家族から締め出されていました。私たちは忘れられた子どもたち、秘密の子どもたちでした。自分の家で父親や母親のもとで育って、大人になってようやく、自分にはキンバリーに暮らす姉妹や兄弟がいたことを知った人たちのことを私は知っています。

中にいた私たちにとっては、生活は孤独なものでした。私たちは周りの何百人もの人たちと一緒に育ちましたが、小さな少年のときの私は、他の人間を知りませんでした。きちんと知ることはなかったのです。

私は他の子どもたちが経験することを経験しませんでした。学校でとか週末とかにスポーツをすることもありませんでした。誕生パーティにも行かず、動物園を訪れることもなく、公園でアヒルに餌をやることもなく、父親とラグビーを見に行くこともありませんでした。誕生日や結婚式といった家族の集まりにも行きませんでした。親戚を訪ねたこともありません。誰が親戚かも知りませんでした。

彼はこうしたすべてをこともなげに話します。ロバートは泣きごとを言う人ではありません。自分の身の上話の一部を何度も語りますが、自分自身に対する同情を得ようとしたことはありません。物語を語るのは、彼が友人たちと呼ぶ人たちにとっての生活がどんなだったか、どんなものであり続けているかを、聴衆に理解してほしいからなのです。そして他の優れた物語同様、その物語は聞く人が自分自身を理解するのを助けるのです。

ロバートは家族からキンバリーへと完全に捨て去られたわけではありませんでした。同じような状況に置かれた他の家族同様、マーティン家は施設にいる子どもを恋しく思い、自分たちがしたことを悲しみました。ロバートの姉のヘザーは、母親はずっと傷ついていて、失敗と罪の感覚をずっと抱えていたと言います。そこでロバートは、年に二度、キャッスルクリフの荒れ狂う海の近くの家族の家に滞在するためにワンガヌイに旅しました。

家族のもとへの訪問は常に、何とか壊れた家族を折り合わせようとする修復の試みでした。そして

数少ない子ども時代のロバートの写真で、姉のヘザーと一緒に写っています。ロバートがキンバリーから一時帰宅したときに撮られました

子どもたちが生まれる前のジムとヘイゼルのマーティン夫妻。ジムは終戦直後の時期に英国陸軍に所属し、敵の戦争捕虜を監督していました。彼はニュージーランドに移住したときに、ニュージーランド陸軍でしばらく過ごしました

素敵な時間もありました。道の先の広々とした白い浜辺での夏の幾日かを、ロバートははっきり覚えていて、そのときは家族がほとんど普通の家族のようだったのです。ピノキオのように、ロバートは本当の家族の中の本当の少年であることを夢見ていました。ですが、時折の帰宅でその夢がかなうことはありませんでした。

私はまだベッドを濡らしていました。それは後々まで続く問題で、いつも母親との間の争いの種でした。そうならないようにするため、夕食の後には何も飲まないとか、あらゆることを試してみましたが、効果はありませんでした。私は罪悪感と恥ずかしさで目を覚まし、母親は、おまえは汚い子でどうしようもないと言って私を叩きました。自分が漏らしたものの中に鼻をこすりつけられたことを覚えています。

私が家に帰っていたあるクリスマスイブの晩、私はベッドでお漏らしをし、次の日までプレゼントをもらえませんでした。

家族は、私がお漏らしでマットレスを腐らせるのを心配したのだと思います。そこで私は、他のみんながベッドで寝ているのに、風呂で寝始めました。時間通りに歩いて仕事に行けるよう父親がいつも早起きし、顔を洗って髭を剃るために風呂場に入って来ました。私はその後では決してもう一度眠ることができず、時には台所へ抜け出してベッドで食べるためにリンゴを盗んだりしました。後で母親が芯を見つけ、私は顔を叩かれ、もっとひどいことをされるのでした。

私が鼻を折ったのは風呂で寝ているときのことでした。私はまた自分と毛布をすっかり濡らし、母親が入って来て私をひどく打ちました。風呂場に立っていた私は、滑って、顔を風呂の側面に思い切りぶつけました。すぐに辺りは血だらけになり、母親が血を止めようとしましたが血は流れ続けました。しまいには母親が私の顔にタオルを巻きつけ、私たちはバスで病院へ向かいました。バスは満員でしたが、一組のカップルが、血が辺りに飛び散らないように、私と母親のために席を譲ってくれました。病院に着いたときには、鼻を伸ばそうとして私を抑えつけるのに、看護婦が三人と医師が一人必要でした。私は今でも鼻のことで苦労しています。

それから間もなく、カニエレ棟に戻ったロバートを職員の一人が訪れ、キンバリーの他の場所へ、キャメロン住宅と呼ばれる古い屋敷に行って暮らしたくはないかと尋ねました。その男性はおどけた話し方で、キャメロン住宅は新しい建物のようにペンキが塗られることになっていて、自転車と小さな汽車も置かれて、本当の家庭のようになると言いました。それはロバートのように大きく、賢くなった男の子のための場所でした。もう赤ん坊ではなく、男の子になった子どもたちのための。男性はロバートにお気に入りの色を聞き、それは赤だったので簡単なことでしたが、すると、名前をビューケネクスというその男性は、ロバートがキャメロン住宅に来て暮らすようになれば、自分の赤い歯ブラシとお風呂用のタオル、それに中に物を入れる本当の化粧テーブルも持てると言いました。それは今までにないものでした。

キャメロン住宅は以前の医療センターでしたが、一年以上閉鎖されていました。ジェフ・ビューケネクスと上司のピーター・グラハムはそれを、キンバリーの最も世話のやける何人かの子どもたち――他のユニットでは一握りしかいない、わんぱくで、ずる賢い子どもたち――のための家に変えようと考えたのです。「当時は男の子と女の子を一緒にすることはなかった」ので、キャメロン住宅が男の子だけのためのものになるということ以外は、ジェフは自分の考えを通しました。

五歳のロバート・マーティンは、看護職員からキャメロン住宅での経験が役立つ子どもと認められ、一九六三年八月十八日にこの建物に移りました。他には五歳から一七歳の一七人の男の子がいました。言語障害のある子もいましたし、何人かは統合失調症と宣告されていました。全員が「手がかかる」というレッテルを貼られていました。

ジェフはこの場所の準備を整えるために大変な努力を注ぎ込みました。寝台、長いテーブルが置かれた食堂があり、そうした家具はどれもこれも、ジェフと同僚が木工小屋で作ったものでした。外には砂場、ブランコ、水道やツリーハウスまでありました。これらは当然ながら子どもの遊び場ではいつも標準的なものでしたが、知的障害児の施設ではそうではありませんでした。

ビューケネクスは約束を守りました。ロバートは自分の赤い歯ブラシと風呂用のタオル、そして一九五八年にここに来てから始めて、自分の名前のラベルが付いた自分の衣服を持つようになり、彼はそれを赤い化粧テーブルの中にしまっておきました。

キンバリーではこれは驚くべき改革でした。衣類はいつも共用でした。メインランドリーから運ばれ、サイズ別に大きな棚に分けられ、ＫＨＴＣというキンバリー病院・訓練センターを示す大きな文字が書かれていました。外をうろうろして群衆の中で迷子になりたいと思うような居住者はいませんでしたから、いったいなぜそのようなレッテルが必要だったのか、答えるのは容易ではなさそうです。

とにかく行くところがなかったのです。キンバリーはどこからも何マイルも離れていました。棟別に衣類が色分けされていましたから、敷地の中では、職員は居住者が勝手に歩きまわれないようにすることができました。モノワイ棟の居住者がアワテア棟の近くに長いことといれば、容易に侵入者だと分かりました。衣類の色を見れば分かるのです。当時を思い起こすよう頼まれて、ジェフ・ビューケネクスは自分がどんな人間だったか、何を考えていたかを教えてくれました。

あの子たちのための家庭をつくりたかったし、キャメロン住宅を、施設という制約の中でできるだけ家庭の状況に近づけたかったのです。あの子たちのほとんどは普通の家庭で暮らすのがどんなことかを経験してきませんでした。小さいうちにキンバリーに送られ、ずっとそこにいました。子どものところを訪れる両親は四分の一にも満たないと思います。当時はそうでした。後になるともっと受け入れられるようになって、少し増えましたが、初めの頃は、子どもがキンバリーにいる間に両親が子どものもとを訪ねるのは本当にまれでした。キャメロン住宅を担当していたときに、一八人の子どもたちのうち、家族が訪ねてくるか休日に家に行っていたのを私が思い出せる子は、三人か四人、もしかしたら五人だけでした。

そういうわけで私がやりたかったのは、子どもたちにできる限り普通の環境の家庭と家族を与えることでした。私はそれを自分の子ども時代に結びつけて考えました。私の家は食事時には大きなテーブルを囲んで座る大家族で、ですからキャメロン住宅にはみんなが食事をする大きなテーブルがありました。子どもの私にはやるべき雑用があり、ですから、最初から、どの子

1960年代のキャメロン住宅での誕生パーティ。ジェフ・ビューケネクスが誕生日を迎えた子どもがローソクを吹き消すのを手伝っています

にもその能力に応じた仕事がありました。皿洗い、洗濯、掃除、食事時の給仕などをするのです。当番表があって週に一度仕事が替わりました。ということは、私たちは他のユニットのような数の職員はいらず、子どもたちがスキルを学び、成功と貢献しているという感覚を得るのに役立ちました。

自分がキャメロン住宅でやったことが時代のずっと先を行く革命的なことだったことを、ジェフは認識していました。「当時は、ニュージーランドにも他のどこにも、キャメロン住宅のようなところはないと思っていました。知的障害のある人たちの脱施設化が勢いを増すまでに、さらに二〇年かかりました。一九六〇年代の初めに、私たちなりの方法で、私たちは内側からそれをやろうとしていたのです」。

そのプロセスの一部が子どもたちの薬物治療をやめさせることでした。施設に収容されている人たちの行動を管理するための薬物の使用は、一九六〇年代と一九七〇年代を通して勢いを増しました。信頼できる推計によれば、一九八〇年代に施設から出た人の九〇％以上が薬物治療を受けていましたが、ジェフはそうした傾向と闘いました。

薬物治療に反対だったとまで言おうとは思いません。てんかんやそういったものをコントロールするのにそれは確かに必要です。てんかんをコントロールしているのであれば、その人の生活が良くなりますから、薬物治療は良いものです。ですが、行動のコントロールのための薬物治療については反対で、医者が子どもを鎮めるためにトランキライザーはいらないか、と言ってきたときには、医者には頼りませんでした。私には他の方法がありました。自転車に乗ったり、木登りをしたり、サッカーをしたり、天候が許せば毎晩お茶の後に泳いだりすることです。

ですがテレビは信じません。キャメロン住宅にはテレビがなく、子どもたちはテレビを見ませんでした。外へ出て遊ぶか、天気が悪ければ室内でゲームをしました。ボードゲームや楽しい活動がたくさんありました。

ジェフは、自分が明らかに大いに愛情を感じていた子どもたちを思い出して微笑み、キャメロン住宅にいた三年間、生活の大きな場所を占めていた「人物たち」について語り、笑いました。ですがロバート・マーティンについての記憶はあまり定かではありません。「ロバートは一八人のうちで目立ったほうではありませんでした。叱られるような悪いことをしたことも思いつきませんし、褒められるような目立ったことも思い出せません。他の子どもたちがやったことはたくさん思い出せますが、ロバートについてはだめです。でも、とても孤独で、悲しげな小さな子どもだったことは覚えています」。

片側に九人、反対側に九人が割り振られた長い夕食のテーブルに、小さなロバートが座っているのが今でも目に浮かぶとジェフは言います。ジェフが給仕用のワゴンの隣の上席に座り、ロバートは赤いナプキンをして、ジェフの右にいます。ロバートの食べ方はとてもゆっくりで、ジェフが彼の気分を引き立たせます。「お母さんのためにスプーン一杯、お父さんのために一杯、虎のために一杯、豹のために一杯」。ロバートは一匹狼で、一人で遊び、他の一七人の誰とも友達にならなかったとジェフは言います。

ロバート自身はキャメロン住宅で過ごした年月のことを思い出して、最高だったと言います。どうしたら本当の子どもになれるかをほぼ学びかけた短い時間でした。ジェフが動物についての本を何冊か買ってくれました。ロバートはその本を、言葉を絵とを突き合わせながら何度も繰り返して読み、友達になったプラスチックの動物の、だんだん大きくなっていくコレクションで遊びました。ジェフに手伝ってもらって、紙粘土でそうした動物たちの世界を作りました。

それはアフリカで、川が流れていました。私たちはまずライオン、象、アンテロープが住むサバンナを作り、次にボードの森の部分を作り、そこに森の動物たちを置きました——猿、豹、河馬、ナイルクロコダイルです。動物や動物についての本に飽きたことは一度もありません。どこからか動物のドミノも手に入れ、何時間でも遊ぶことができました。

ロバートはよく一人で出歩きました。隣接する農場の馬を訪ね、ときには、ゲートの外のもっと広いパドックでは馬たちが自分のサバンナの動物のように自由になれると考え、馬たちがゲートを出るのを助けました。近くの果樹園に隠れ、木の上からキンバリーで続けられる生活を眺め、季節になるとリンゴを自分の部屋にこっそり持ち込んでいました。

少年たちの一人のマイケルが、ロバートがこうした悪さをしているところを見て、ジェフに報告したことがあったかもしれません。確かにマイケルは、密告者でビューケネクスのスパイだとみんなから思われていました。ロバートはこれが自分の動機だったかどうかは覚えていませんが、ちょっとした復讐として、木の中の隠れ場所からマイケルの頭にブリキの缶を落としたことをはっきり覚えています。少年たちや職員にマイケルのことを疑わせたのは多分マイケルの行動にどこか変わったところがあったせいでしょうが、でも、ジェフ・ビューケネクスの有名な神の全能の目だったのはマイケルではありませんでした。スパイだったのはマシューという他の少年でした。小さなマシューのことを職員は「能力が非常に乏しく」て、何を言いたいのか分からないと決めつけていました。ジェフは説明しながらニヤリとします。

私が二週間の休暇から戻ると、マシューが朝食の後に私のところへやってきて、ティースプーンが一本なくなったことに至るまで、私が知らなければならないことをみんな教えてくれました。誇張ではありません。こうした子どもたちは知的な障害があるということになっていますが、マシューの頭の中には全てのものがどこに、いくつなければならないかについての一覧表があったのです。マシューが私の背中にある目だったとは職員は思いもしませんでした。マシューと私はお互いに理解し合う方法を会得していたのです。マシューは他の子どもたちのようには話せませんでしたが、私には「イー、ハー、ホー」がどういう意味か正確に分かりました。何年か後に私がキャメロンを去るときに、職員が別れに当たってスパイのマイケルのことで冗談を言い、私はそれは間違いだ、スパイはマシューだと言いました。「いや」と職員たちは言いました。「マシューは話せませんでした」。

「マシューは確かに話せませんでした。でも私には話せたのです。私たちはお互いに話をすることを学んでいました」。

ジェフは他の少年のことも覚えています。レイモンドのことは「アルツハイマーになったとしても忘れることができない本当に変わった子」だと言います。義足を着けたレイモンドには窃盗癖があって、キンバリーで何かがなくなったり盗まれたりするとすぐに疑われました。レイモンドの秘密は最後にはジェフのスパイのマシューによって暴かれたのですが、その時はマシューがジェフに、なくなった物がレイモンドの木の足の中に隠してあると「イー、ホーした」のです。当然のことながら、大声で嘆願し、抗議するなか、レイモンドは逆さまにされ、すると果たして、盗品が床の上にカタカ

1960年代初めにキャメロン住宅でロバートとともに生活した少年たちのことを思い起こし、笑うジェフ・ビューケネクス

タと音を立てて落ちたのです。
長々と儀式をやらなければならないために、毎晩シャワーの時間に早く呼ばれたスチュアートを思い出して、ジェフは大笑いします。

いつも言われていたようにタオルと部屋着を持っていかずに、スチュアートはぬいぐるみを、それは猿で、立たせると一メートルほどになるものを持っていくのです。そして廊下を浴室まで歩いて行き、猿を空中に蹴り上げて「ろくでなしめ、どうしようもないろくでなし」と叫びます。それをやると猿を自分のベッドに戻し、タオルとパジャマを持ってシャワーに向かうのです。

ある晩、古参の看護士がこの出来事を目撃しました。そしてジェフに、子どもが猿の背中を蹴りながら廊下を歩き、ひどい言葉を使っているのを知っているかと聞きました。ジェフは、もちろんスチュアートのやっていることは知っているが、スチュアートは自分が知っていることには気づいていないから、おせっかいは不要だと答えました。それに、スチュアートも明らかにそうした手順から何かしらのものを得ていました。

ジェフ・ビューケネクスは三年半後にキャメロン住宅を去りました。彼はオーストラリアの精神病院に上級ポストの申し出を受けていましたが、そこではなく「難しい」子どもたちを助ける仕事を続けることができる地元の児童福祉課に行きました。

あの一八人の子どもたちは他の子どもと何も変わるところはありません。それぞれに個性的で、個性的であればあるほど、腕白であればあるほど、私はその子たちが好きでした。それぞれの子どもに自分なりの独特のやり方がありました。電池で走るものなら何でも気になって仕方なかったドレック、私の事務所に自分の電話線を持っていたサミー、それから教授のステファン……。今となれば面白い子どもでした。私の課題は子どもたちの個性を引き出し、関心と才能を見つけ出すことでした。それはどの子にも、小さなロバート・マーティンにさえあったのです。

第三章　家庭

ロバートは、ジェフがキャメロン住宅にいたすべての時間を共にしたわけではありませんでした。ロバートは七歳で家に帰り、母親と父親のところへ戻って、「何とかうまくやって行こう」としました。それまでの休日の帰宅の間に、こうした訪問がそれ以上のものになっていくのではないかというわずかな希望を抱くことを、ロバートが自分に許した一瞬がありましたが、いつも、また家族に会えるのは数カ月先になることを承知して、涙に暮れながら、キンバリーに戻る旅をしていました。家族には車がなく、キンバリーへの訪問は精神的な苦痛を伴いました。

私が話をした多くの家族が、キンバリーに息子や娘を訪ねるのは本当に恐ろしいことだったと言います。職員がいくら努力しても、そこは楽しい場所ではありませんでした。喜んで迎えてくれる場所ではありませんでした――実際、訪問には許可が必要でした。普通の両親の権利はなかったのです。一度子どもを施設に引き渡せば権利はなくなるのです。子どもを預けた後で、帰り道や一、二週間後に思い直した両親の話をいくつも知っています。こうした両親たちは、ただ戻って自分の赤ん坊を受け取るというわけにはいきませんでした。制度と闘い、自分たちが子どもの面倒をみることができることを証明して初めて、赤ん坊は両親に引き渡されるのでした。

とにかくこの時私は家へ戻りましたが、やはりうまくいきませんでした。どうしてでしょう。母親と私の間の問題でした。二人は仲良くやっていけなかったのです。

これは講演会場で話をする、公人としてのロバートではありません。この話をするロバートはゆっくり話し、話を始めては脈絡が分からなくなり、説明できないことを説明しようとするときに時々するように、顔の前で両手をひらひらさせます。「母親を責めはしません。家族を責めはしません。私は状況の犠牲になったのです。そんなふうに思います。キンバリーの職員さえも——職員を責めはしません。責めるのは社会と、その当時の社会のあり様です」。

ロバートは個人的な場所から公的な場面にもう一度戻り、確信をもって語ります。「人々に対する当時の受け止め方や評価の仕方には、社会が大いに関係していました。物事がどうだったかについて個人を責めることはできません」。

家族にはつらいことだったに違いありません。私にはかなり手がかかったに違いありません。自分はひととは違っていると私が本当に気づき始めたのはこの頃だと思います。結局のところ、私がキンバリーにいなければならなかったのにも理由があったのです。私には知的障害があって、だから他の子どもたちのようには暮らせないのだと何かのときに言われました。私はばかで、阿呆で、ひどく鈍くて、いつも世話をしてくれる誰かに頼っていました。私は他の子どものようになりたいと心から思っていて、他の子どもたちができることを懸命にやろうとしましたが、それは難しいことでしたから、その言葉には本当に傷つきました。自分の靴ひもを結ぶことを学ぶのでさえ大ごとでした。一つひとつのことを学ぶのにとても長い時間がかかり、一生懸命やろうとすればするほどじれったくて、かんしゃくを起こすのです。

その頃、私には一緒に遊ぶ友達はいませんでした。姉には来て泊まっていくような友達がいました。姉には誕生日があって何人かが泊まり、私もそんな誕生日がほしかったのを覚えています。私は誕生日のお祝いをしたことがなくて、家では一度もやってもらっていません。

それから両親はロバートを学校にやりました。ですがそれは――姉のヘザーが思い出すように――ロバートと姉の両方にとってとてもつらい時間でした。「両親は弟を普通クラスに入れようとしましたがそれは難しいことでした。弟は学習に時間のかかる子どもたちのクラスに入りましたが、ロビーには学習の前に対処すべきことが多くありました。長時間何かに集中することが難しいことが分かったのです。そのために弟は教室を出て私の教室にやって来て窓を叩き、『ヘッダ、ヘッダ、こっち来て遊ぼうよ』と呼びかけました」。

時には教室を抜け出すと、ロバートはネットボール(5)のコートに置きっぱなしにされたボールを捜しに行きました。彼はあちこちボールを蹴って回り、しまいには先生に見つかってクラスに戻されるのでした。何度も窓の中にボールを蹴り込み、窓を壊しては全校を騒がせました。他にも職員室に忍び込むといういたずらをしました。先生たちが朝と午後のティーブレイクに美味しいビスケットを食べるのに気づいたのです。そんなご馳走のことはキンバリーでは聞いたことがなく、ロバートは残り物をあさって食べたのです。

ヘザーは、今はワンガヌイから北へ一時間のハウエラに住んでいますが、こうした時期のことを思い出すのはつらいと言います。長年にわたってほとんど接触もないままだったヘザーとロバートは、最近になってようやく関係がもてるようになりましたが、それでもつらい記憶に心を乱されてきました。

学校での遊び時間は本当に大騒ぎでした。子どもたちは「お前の体を引っ張って形を直してやるぞ。早く隠れたほうがいいぞ」と言ってロビーをいじめたのです。そこで私は拳を振るって弟を守り、あざを作り、服を破られて家へ帰ることになるのでした。そういうことが起きると私はあまりよくは思われませんでした。母親と父親にはあまりお金がありませんでしたから、二人は服が破れていても気にしませんでした。

私はロビーを愛してはいました。誰も弟のような経験をするべきではありませんから、弟をかわいそうに思いました。弟の支えになる人は誰もいませんでした。制度がうまく働いていなかったのです。

自分たちの子どもにどう対応したらいいかについて両親が何らかの助言を受けていたら、事態は違っていただろうかと、ヘザーは考えています。破たんした状況でしたから。でもヘザーもロバートもどんなだったか具体的には言いません。何が起こったのかを聞かれて、両親の恥辱の重さを感じてロバートは眼を伏せます。「何かが起こったというだけのことです。私たちはうまくやっていくことができず、その事件のために福祉の人が呼ばれ、私はカリオイで里親制度に組み込まれました」。

第四章　山のふもとで

ロバート・マーティンの物語のつじつまを合わせるのは時に難しいことがあります。物語を語り直していて、それを年代順に並べてみたいという気持ちに駆られます。一つの出来事を次につなげ、因果関係を持たせたいという気になります。ですが、ロバートはそんなふうには話しません。彼が子どもの頃の話をするときに、時間は直線的には流れません。一つの経験のことを「あの頃」と言い、聞き手は言われているのが四歳のときに起こったことか、一四歳のときのことか分からず、時には両方の場所で起こったことを一度に言っていることもあるのです。それは施設に入所していた人たちの間ではよく見られる人生の見方です。新たな一日一日が前の日と変わらない世界、自分が成長することがなく、誰にも名前を覚えてもらえない世界では、現在と過去の区別がつきません。

私たちのほとんどは、家族やその他の愛する人と共有した経験を鮮明に覚えています。そうした記憶が私たちの旅路の物語を作り上げます。それが、自分がどこにいて、自分が誰かを示す標識になるのですが、ロバートやその同時代の人たちには、標識は巨大な病院の病棟への道を示すだけです。カニエレ、キャメロン、モノワイ、第五棟……でなければ今は、七歳で、雪に覆われた山の近くの行き止まりの道を上ったカリオイを。国はここで彼にもっと良い生活を与えようとしたのです。

インターネットでカリオイを検索すると、一番多く出てくるのは北島の西海岸でしょう。カリオイはラグランに打ち寄せる波のそばにあるブッシュリゾートです。ラグランは海から陸に向かって左方向にブレイクする波で有名です。ただし、そこはロバートが一九六五年に行ったところとは別世界と言っていいでしょう。彼がいたカリオイは、スキーの町のオーアクニとタンギワイという村の中間にある田舎道に沿った農場です。タンギワイとは「涙の水」という意味で、ロバートが行く一二年前のクリスマスイブに、橋が流されて列車が谷に落ち、一五五人が溺れた所です。

家族での生活を経験するために最初にカリオイのこの農場に来たときには、ロバートは国の被後見人でした。里親の家族は彼にとって愛情とケアを意味しました。父親と母親、それに兄と三人の姉妹がいることになっていました。遊び相手の動物もいて、歩きまわる野原もありました。

他の子どもたちが私と遊ぼうとしないことを除けば、スタートは問題ありませんでした。それで私はたいてい一人で遊びました。私には毎日やるべき仕事がありました。学校へ行く前に手で牝牛の乳を搾り、それから鶏と七面鳥に餌をやりました。この一匹の老いぼれた七面鳥が何の理由もなく私を攻撃したので、すぐに私はこの仕事が大嫌いになりました。鶏の囲いに入るたびに、私のところにまっすぐに向かってきて、私は必死に逃げました。本当に怖かったのですが、いずれにしても毎日それをやらされました。

仕事が終わると、朝食を食べてオーアクニにある学校へのバスに乗りました。私は学校が好きで、授業を一生懸命受けようとしましたが、遊び時間はうまくいきませんでした。

私は他の子と一緒にゲームに加わりたかったのですが、子どもたちは私をチームに入れたがりませんでした。そこで私はしまいには女の子のネットボールをつかんであちこちに蹴り、そのうち、ネットボールは蹴ってはいけないことになっていたので、叱られることになりました。それは子ども時代の本当に悲しいことの一つで、他の子どもたちとスポーツをしたことがなかったのです。子どもたちは私を役に立たないと思ったのです。そこで私は他の子どもたちを見たり、テレビで大人がやるのを見たりして、そのうち一人離れて練習するようになりました。ええ、いつもうまくできるわけではありませんでしたが、いつか自分の力量を示し、チームでプレーできるように、うまくなろうと心に決めていました。

家では母親に、週末のチームでプレーできないか何度も何度も聞きましたが、そんなお金はないといつも言われました。本当にそうだったときもあったのかもしれませんが、本当の理由は、人前で私が笑い物になるのを母親が見たくなかったからだと思います。自分の家族が私自身を見るより先に私の障害を見て、それを恥ずかしいと感じているのが分かることがありました。

オーアクニの学校でのロバートの評判の悪さの原因はネットボールでの悪さだけではありませんでした。彼は他の子どもたちの弁当を盗み、職員室のビスケットの缶をあさり、遊び時間にゴミの缶から食べ物を探し出すことさえするようになりました。道理の分かった教師だったら、その子がお腹をすかせていて、お昼御飯がなかったことが分かったでしょうが、カリオイ・ステーション・ロードの農場で何が起きているのか、わざわざ調べてみようとする人は誰もいませんでした。実は、この七歳の里子は虐待の対象になっていたのです。

それは悪口で始まりましたが、すぐにひどくなって暴力が振るわれるようになりました。ロバートは自分がいたずらっ子だったことは率直に認めました。部屋で見つけた花火に火をつけ、ある時には、キノコを探して迷い、外で一晩を過ごしました。ですが、電気ポットのコードで殴られて当然のようなことはやっていませんでした。

「キンバリーの人は意地悪だと思っていましたし、家でも時々はそう思いましたが、何とまあ、あの人たちは残酷でした」とロバートは言います。

どんなふうに朝の雑用がどんどん増えて午後にもやるようになり、そのうち週末はずっと仕事をするようになったか、ロバートは話します。小さな子どもが自分の身体の半分ほどもある豚の餌の入ったバケツを運び、子豚をきれいにし、市場に出すための菜園で働く様子を話してくれます。ときには隣人の農場で働き、ニンジンやジャガイモを集めて、しまいには背中の痛みが止まらなくなるほどで、それを山が見ていました。

一番つらかったのは、自分の身に起こっていることが間違っていて、小さな子どもが大人の男の仕事をしなければならないわけがなく、自分が手伝えないことのために責められるのは公平ではないことが彼には分かっていたことでした。

外に掘られた便所にどういうわけかひよこが何羽か落ちたようなときには、ロバートが便所に降りてひどい臭いのする汚物の上にはい降り、ひよこを拾い上げなければなりませんでした。でもそこの人たちを非難することはありませんでした。当時も彼は意地悪な子どもではありませんでした。誰かもっと大きい子がひよこを拾い上げることができたはずですが、ロバートがやらなければならず、さもなければポットのコードで殴られたでしょう。それにポットのコードが恐ろしかったのです。時には里親の男は妻さえコードで叩き、それはほんとに恐ろしい時でした。どうしたら人が他の人にそんなことができるのか、ロバートにはさっぱり分かりませんでした。ですが最悪だったのは、ロバートがまだベッドで粗相をしていたことで、ポットのコードで叩かれても治らないときには、新しい形の拷問が待っていました。

私は木の板の上に二時間かそれ以上もひざまずかされました。ひどく痛みました。そこから逃げ出さなければならないことが分かり、そこである晩逃げ出しました。私は走り、もう安全だと分かってから、何時間も歩きました。八キロほど行ったときに別の農場を見つけ、その庭に袋が何枚かありました。私は袋を木の下に引きずって行き、身体にかけて眠りました。そこで警察官に起こされたのです。

福祉の人たちがワンガヌイから来て、私を里親のところへ連れ戻しました。私は福祉の人たちにどんなことが起こっているのかを話しませんでした。その頃は、人にどう話したらいいか知りませんでした。あまりに怖くてできなかったのです。私の身に起こっていることを話せばひどい目にあうぞと、里親に言われていました。そこで私はただ黙って時を待ち、チャンスを見つけてもう一度逃げました。そしてもう一度逃げると、やがて福祉の人たちは、何度もワンガヌイからやって来るのにうんざりし、私をそこから連れ出してくれました。

第五章　屋根にボールを蹴上げた男の子

わずかな期間、ロバートはワンガヌイの福祉ホームで暮らしましたが、今度は店からチョコレートを盗んで問題を起こしました。児童福祉の対応はもう一度キンバリーにロバートの面倒を見させるというものでした。ロバートは八歳で、難しい子どもでした。

「聴衆のみなさんの中で問題行動のあった方はどれぐらいいますか」とロバートは聞きます。

会議場の中でわずかな数の手が挙がり、一人が熱心に手を振ります。

「はい、いいでしょう。手は挙げたままで」

会議場のあちこちで熱烈な笑いがどっと上がります。おかしさのあまり車いすのトレーを拳で叩き、車いすから床に転げ落ちそうになる人もいます。ロバートも笑いに加わります。


私にも問題行動がありました。そうです、今みなさんの目の前にいるこの美徳のかがみが問題だったのです。八つか九つのとき、私は大きな施設で暮らしていました。すべての施設と同じように、そこは人を無力にする、孤独な場所でした。私と友人たちは、自由、学習機会、普通の経験をするチャンスといった基本的な人権を否定されていました。自分自身を表現する唯一の方法が、職員が「問題」と呼ぶような行動をすることだったのです。ある者にとっては自傷行為をすることでした——腕や手を噛んだり頭をぶつけたりするのです。

私の場合はボールを蹴ることでした。誰かが私にボールをくれ、私はボールを蹴るのが大好きでした。それなしではまずやっていけませんでした。

そのうちに、自分がそのボールを屋根の上まで蹴ることができ、それをやると、誰かが気づいて屋根に上り、ボールを下ろすことを発見しました。もっと大事だったのは、人が私に気づき、私が自分を特別な存在だと思えることでした。程なく、私はボールを屋根の上に蹴上げる名人になっていました。一番高い建物の屋根にまで蹴上げることができ、私は「屋根の上にボールを蹴上げた男の子」として知られるようになりました。私にはボールをそこへ上げ、誰かにそれを下ろさせる力があったのです。

間もなく私は「問題児」として知られるようになり、職員は私のためにボールを下ろすのを拒否することで、私の「注意を引こうとする欲求」を治そうとしました。

ロバートはキャメロン住宅に戻されたのではありませんでした。そこではなく、後のキンバリーの医務長のアラン・フレイザー博士が、「十八世紀の狂人病院のすべての属性を備えている」と述べた、モノワイ棟に送られました。キャメロン住宅には一八人が収容されていたのに対して、モノワイには五〇人以上がいて、それはロバートにとって施設生活の最悪の側面を示すものになりました。大きな共同寝室で他の二〇人の少年や男性と一緒に眠り、何も置かれていない娯楽室は仕切りもドアもないトイレのブロックに向かって開かれていたことを彼は覚えています。誰であれ、たまたま通りかかる人に丸見えのところで座って排便するのが、自分自身にとっても他の人たちにとっても、とても恥ずかしかったことを覚えています。

人間がこんなふうに暮らすのは間違っていることを、施設を運営する人たちが理解していないときに、九歳の子どもが理解できたのは驚くべきことだと思われるかもしれません。ロバートは世間を経験して、本当の子どもの暮らし方を見ていました。それはもっと良いものでした。大人は下着を他人と共有してはいけないことを彼は知っていました。世間では、「職員」であることを示すバッジをつけていたとしても、人は誰かをからかったりしないことを知っていました。

そこで私は、世間の目からは私たちは何者でもないことを知るようになりました。私たちのような人たちは重要ではないことを。私たちは役立たずでした。私たちには何の価値もなかったのです。

それが筋の通った唯一の説明でした。

キンバリーや、私や友人たちが暮らした他のすべての施設で、私たちはそのことを理解しました。そしてそれは本当に悲しいことでした。

会議場は静まり返りました。ロバートは聴衆の方を見やりました。「私たちに知的障害があるから、あなたたちが私たちのことをどう考えているか知らないと思わないで下さい」。

気まずい沈黙がありました。それから、彼は言葉を続けます。

誤解しないでください。良い職員もいました。本当に私の面倒を見てくれた人もいました。本や、シリアルの箱に入っているおもちゃの動物をくれたり、ときには週末に自分の家庭に連れて行ってくれたりもしました。私はいつもそういう職員にまとわりついていましたが、いつもしまいには、そういう職員もやって来たときと同じように私の暮らしから出て行き、私はまた一人ぼっちでした。

私たちは出て行くことができませんでした。私たちにとっては終身刑を言い渡されたようなものでしたが、私たちがやった唯一の悪いことは障害をもって生まれたことでした。

おもちゃと本がロバートの唯一の持ち物でした。かつては宝物を持っていたことがありました。それは父親からもらった時計でした。その時計は、もとはロバートの祖父のもので、ある日、ロバートがキンバリーに行くためにワンガヌイを発とうとしたときに、父親が彼にくれたものでした。この時計が遠く離れた家族とのきずなであり、自分が父親と祖父のいる本当の人間だということを、とにかく証明してくれることを理解していて、施設への車の中で、ロバートはそれをしっかりと抱えていました。

ですが、それは長くは続きませんでした。職員がその時計を盗んだのでなければ、他の入所者が盗んだのだとロバートは言います。職員はうまいことを言って入所者のものを取り上げ、入所者のために安全に保管しておくのが上手でした。預けたものをもう一度見る可能性はありませんでした。

決してキンバリーで働くべきではなかった職員がいました。キャメロン住宅にさえ。ロバートはキンバリーの「フォスター・グロスター」(6)を覚えています。彼は威張りくさった人でしたが、他の人たちをひたすらいじめました。週末の朝、モノワイ棟の患者のうち歩ける者は全員、長い緑の芝生を奥まで歩きに行くとき、遅れた者は棒を持った職員たちから「励まし」を受けました。怒りっぽい患者をいじめて、しまいには患者がかっとなって怒りを抑えられなくなり、制止しなければいけなくなるようにするのも、多分こういう職員でした。


こういう職員は人が自分を抑えられなくなるのを見てゾクゾクしていたに違いありません。中には理性を失う直前に、「いい気持ちになる!　いい気持ちになる!」と叫ぶ人がいたのを覚えていますが、これが自分を抑えられなくなりそうだという警告だったのです。

施設で暮らした私たちの誰もが、いい気持ちになって、制止されなければならない人の叫び声を覚えています。それから、わけもなく甲高い声を上げたり、叫んだりする人もいました。それはその日を何とかやっていくための方法でしかありませんでした。

湿気が多すぎて外に出られないときは、人々は娯楽室で座って待っていました。前後に体を揺すって自分を慰める人もいました。時には自分を叩いたり、壁に頭をぶつけたり、血が出るまで皮膚をつつくこともありました。噛んで皮膚に穴を開けたりもします。肉体的な苦痛によって頭の中の苦痛を隠すことができたのです。浴室に一人で行けない人たちの悪臭をロバートは思い出します。「動けない人がいて、朝、朝食の後に置かれた場所にただじっとしています。こういう人のほとんどは言葉が使えず、誰かが世話をしにやってくるまで動きが取れないのです。人々はとても退屈していました。やることが何もなかったのです」。

ロバートは幸運でした。天気が収まればどこか外へ行くことができました。庭か体育館でボールを蹴っていました。さもなければ、モノワイ棟には同じぐらいの年の男の子で同じぐらい動ける子はいなかったために、必ず一人で、隣接する農場へ向かい、馬を見たりアヒルに餌をやったりしました。この病棟でできた数少ない友達はずっと年上でしたが、二人は一緒に子どもっぽいいたずらをして遊びました。お気に入りは夜勤の職員が共同寝室を離れるのを待って、シーツをかぶって共同寝室のあちこちに出没することでした。こうしたいたずらやまくら投げでは、当直の看護士が走って来るほどの大騒ぎになることがあり、そうなると、屋根にボールを蹴上げた男の子は、ほぼ確実に首謀者だったので、またもや叱られることになりました。

時々、本当にひどく叱られるときには、第五棟に連れて行かれました。それがどんな所かを理解するにはこの棟を一目見る必要がありました。それは悪夢で、言うことを聞かなければ最後にはここに入ることになるぞという警告として連れて行かれるのです。そこに連れて行かれて、粗相をした人が素っ裸で、消防ホースから出る水で洗い流されるのを見たことをまだ覚えています。ホースの水圧が痛いほど高かったので、男性はやめてくれと叫び、立ち上がろうとするたびに、また倒されるのでした。

そのとき私は小さな子どもで、それから恐ろしいことをいろいろと見聞きしてきましたが、その日見たことは未だに忘れられず、今でも私を怖がらせます。

私がリンゴを盗んで捕まったのはこの頃でした。看護士が私を事務所へ連れて行き、私がびくびくしながら立っていると、彼は棚から私のファイルを取り出し、私がそれまでにやった悪いことのすべてを私に向かって読み上げ始めました。看護士はこれまで私が引き起こしたすべてのトラブルについて私に小言を言い、両手を私のパンツのところへ下ろし、私のものに触りました。

私は何が起こっているのか分かりませんでした。私に分かったのは、私が悪い子で、私のものに触っている男の人は私の世話をするためにいて、この人がやっていることは許されなければならないということだけでした。

この話をしたときにロバートは自宅のラウンジにいて、彼の指は、話の流れで居心地の悪い場所に連れて来られたときにそうするように、髪の毛を引っかいたり、かきむしったりしていました。出口を探して、両眼がきょろきょろ動き、それから私をじっと見て話を始めます。

こんなことはなかったと人々は言いますが、あったのです。でなければ、こういうことは当時は確かにはあったとしても、例外的なことだと言います。そいう悪い行いをしたのは少数の人だと。

私は、キンバリーやそうした場所で暮らしたことのあるニュージーランド中の人々と話をしてきました。それればかりか、世界中で人々は自分の物語を聞かせてくれましたが、それらはみな同じです。施設は虐待の場です。

第六章　南へ移る

テンプルトンからの移住が行われるずっと前の一九二〇年代に、ウェラロア少年訓練農場が超満員になったことがありました。長い戦争のために社会が乱され、景気後退がすぐに不況になり、このために、この拘留施設には過失を犯した若者が絶えることなく流れ込むようになりました。圧力をかけられたにもかかわらず、ウェラロアの管理者は残酷な体制に対応できなかった若者たちを解放することを渋っていました。寮は溢れるほどの満員で、少年たちは逃亡しやすくなり、周辺の地域社会は逃亡中の年若い暴漢を警戒するようになりました。こうした地域社会が、膿んだ腫れものを真ん中から切開するよう大臣に請願したので、収容者の数を減らすために、農場の管理者は自分が管理する中で最も不安定な者たちを南島のオテカイエケに送るよう手配しました。

南への旅行をした若者たちには、キンバリー・ロードが奥地のようだったとすれば、オテカイエケは何もない最果ての地のように思えて、自分がそんな運命のもとに置かれるようなどんなことをしたのだろうかと思ったに違いありません。ワイタキ川を途中まで遡ったサザンアルプスの周辺の山々の真ん中、ダントルーンとクラウの間では、オテカイエケ工業学校という名前は残酷なジョークのように思えたことでしょう。ひどく隔絶されていたので、職員でさえ囚われの身になったように感じました。夏はひどく蒸し暑く、冬には凍りつくようなところで、学校自体はある年配のイートン校[7]出身者によって建てられた十九世紀の城でした。一九〇八年に教育省によって開校され、その施設は当初は精神薄弱と宣告された子どもたちのためのものでしたが、一九六八年にロバート・マーティンが到着したときには、もっと幅広い人たちのための施設になっていました。ロバートがオテカイエケに旅したのは彼が九歳か一〇歳のときでした――どちらだったか、彼は覚えていません。彼がそこへ送られるときまでには、学校のマオリ風の名前は廃止され、キャンベル・パーク・スクールと呼ばれていました。「わがままな男の子たち」のための場所だ、とロバートは言いました。「私のどこがわがままなのか自分では分からない」と言って彼は笑います。

私たちはみな国の被保護者で、ほとんどの子どもたちは家族や社会一般とうまくいかないためにそこにいました。万引きや車の改造のようなことに手を染めていて、かなりしぶとい子どもたちでした。

新入りの男の子として、私は加入のためのテストを通過しなければならず、つまりそれは私が懲らしめられた《ガット・ビーンズ》ということでした。当時はそう呼ばれていたのです。私は傷だらけになるまでテニスボールを投げつけられました。何日間も痛みました。

そんな具合でした。毎日けんかがあり、ときにはいくつかあって、誰か一人が羽目を外せば、その行動の報いを全員が受けるのでした、でも私はそこが好きでした。

近年、キャンベル・パーク・スクールは悪評の的になってきました。ウェリントンの弁護士のソニア・クーパーは、キャンベル・パークの子どもたちに対する、そのほとんどが性的なものである組織的な虐待について、国王に対する請求[8]を進めようとして何年かを費やしてきました。確かにロバートは、他のたくさんのひどいことに加えて、性的虐待も経験したと言いますが、全体的にはロバートのキャンベル・パーク・スクールの記憶は前向きのものです。彼がその場所について語るとき、彼の周りには新しいエネルギーがありました。多分そこでは、山々の間で、大勢の問題児の間で、ロバートは男の子として扱われたのでしょう。知能が遅れたり障害があったりする子どもとしてではなく、本当の男の子として。それは自分が解放される経験でした。

だからといって、キャンベル・パークでの生活が気楽なものだったというわけではありません。他のすべての少年たち同様、ロバートもけんかに巻き込まれてそのために罰を受けました。職員室から甘いお菓子を盗んだり、果樹園に侵入したりして、お尻をスリッパで叩かれました。体を揺らす動きを詳さに見、特典を奪うことを意味する「ＯＰ」を経験し、学校では綴りを間違えた単語を百回も書きました。ですがこうしたすべてにおいて同等の扱いを受けました――加えて、決して退屈することはなく、特に冬はそうでした。

わあ、なんて冷たいんだ！　プールは一面に凍って、私たちはその上でスケートをして楽しみました。男の子たちはそりを作って、丘をものすごく速く滑り降りました。ある時、一人の男の子がものすごいスピードを出し、ふもとの窪みにぶつかって宙を舞い、ドスンというものすごい大きな音を立てて落ちました。私たちが男の子のところへ行くと、その子は気絶していました。

キャンベル・パークの管理者も、ジェフ・ビューケネクスと同じ考え方でした。少年たちは忙しくしておかなければならず、さもなければトラブルが起きます。土曜日には映画があり、日曜日には教会があって、ギターを弾く少年たちの伴奏でたくさん歌を歌い、ロープで滑り降りる遊具で遊び、遠足がありました。ロバートは牛乳処理工場と冷凍工場、堤防道路から大量の水が落ちて虹をかけているベンモア・ダムを訪れたことを思い出します。彼のように限られた経験しかない少年は、こうしたものに目を見張らせられました。

時々、嵐のクック海峡を渡るというような大旅行がありました。私はひどく気持ちが悪くなって一番上の寝台で横になっていました。船は揺れに揺れ、私はとうとう寝台から床に落ちました。何日も痛みました。その旅行で、私たちはウェリントンに映画を見に行き、私は初めてジェームズ・ボンドの映画を見て、それからお茶を飲みに行きました。そして施設に戻る朝、汽車の駅で朝食を食べたのを覚えています。ウイートビックスのシリアル(9)、それから温かい朝食――フル・ワークスというメニューでした。それから船に乗るためにリッテルトンへ移動し、それからクライストチャーチへ汽車で行き、もう一度、ティマルという駅での朝食があり、オアマルでお茶を飲み、それから家へ帰りました。

学校の周りでも道路でも、常に音楽が聞こえました。ギターを弾ける子どもが何人かいて、その子たちが歌を演奏し始めると、ロバートをはじめ、みんなが加わります。ある日ロバートは文化祭で三位になりました。それからスポーツも行われていました。

その頃よくやっていたように私が一人でぶらぶら歩いていて、たまたまクリケットのチームがプレーしていたグラウンドを通りかかった、この日に始まったようなものです。その頃学校にはほとんどのスポーツのチームがあって、週末にはかなり多くの試合に出かけたり、他の学校やクラブを招待したりしていました。

そう、私は多分何かを考えるのに夢中で、クリケットの守備位置で言えば、ガリーかサードスリップ(10)辺りを歩いていたに違いないと思いますが、そのときバットがボールに当たる音と、「キャッチしろ」という叫び声が聞こえ、そして私はそれをやりました。ひょっと向き直ってボールを捕ったのです。その後私はチームに入りました。私は捕球できたのです。それが私のスポーツのキャリアの始まりで、おかげでいろいろな経験をさせてもらいました。

ロバートは自分自身のことを語るときにはいつも、控えめに言う名人です。そのガリーでの捕球が彼の生活を変えました。キャンベル・パークで、彼はクリケット、サッカー、ラグビーをやり、生まれて初めて、本当のラグビーボールに触れました。革のボールで、ロバートはすぐにそれを、キンバリーの屋根に蹴上げたビニールのボールと同じように蹴ることができました。

やはり初めて、ロバートはお金を持ちました。キャンベル・パークのやり方では、少年たちにお金について学び、そしてその賢い使い方を学ぶことを奨励していました。一部のお金は少年たちの銀行口座へ自動的に入金されますが、少年たちは残りのお金が入った封筒を受け取ります。もちろんこうした小遣いは特典で、少年がOPになれば減らされたり完全に取り消されたりすることがありました。ロバートは飲み物、キャンデー、ビスケットを買い、少年たちがグループでお金をプールしていたことを覚えています。二人の少年がロバートと同じグループでした。他の子どもが優しくしてくれたのはそれが初めてで、奇妙で明るい感覚だったとロバートは言います。

ですがロバートはまだほとんどの時間一人でした。一人の少年とは時々一緒にぶらぶらしました。長い紐を一本の木の枝に結び、次にもう一方の端を石に結ぶという、この少年の一風変わった暇つぶしを、二人で一緒にやりました。次にその男の子かロバートが近くの木の枝に石を投げ込み、また別の枝から別の枝へと次々に石を投げ、そのためにキャンベル・パーク・スクールの中と周りの木が全部、巨大なクモの糸か何かのように地面をはう長い紐によって、花綱で飾られたようになったときがありました。

そして学校の周りには大きなクモがいました。いつもペットを求めてうろついていたロバートはそれを集めました。彼は背中に卵を背負った大きな年取った母グモが好きでした。クモのために餌をとっては、それをクモの家にしていた容器の中に放しました。ペットのカマキリのためにも同じことをし、しゃがみ込んでは、クモやカマキリが餌を殺し、むさぼり食べるのを見ていました。

オテカイエケ地域にはさまざまな希少動物がすんでいました。固有種の魚やトカゲ、絶滅を危惧される蛇行河川の鳥たちもいて、ロバートは一人で歩き回っていて、そうした動物をすべて知っていました。ある日、何かないかと外を歩いていて、遠くで別の少年が木から降りてくるのを見つけました。その少年が鳥の巣を取るために木に登っていたのがすぐに分かったので、ロバートは急いで近づき、巣を戻さなければいけないと言うと、少年が一羽のヒナを手にとって石で打つのが見えました。ロバートはやめるように大声で叫び、ヒナを殺すのは間違っていると少年に言いましたが、少年は続け、ロバートは当惑して見つめ、涙が彼の頬を流れ落ちました。「どうして誰かが他の生き物に対してあんなに残酷になれるのか、理解できませんでした。その子は後で、同じことをして捕まり、叱られることになりましたが、人があんなことをやるのはどこかおかしいところがあったからに違いありませんから、あの男の子にはきっと助けが必要だったのだと思います」。

第七章　走っても行く先はない

普通の学校と同じに、キャンベル・パーク・スクールは学校が休みの間閉鎖されました。少年たちは家族のもとへ帰るか、この間里子に出されました。ロバートは最初のうちは家に帰っていましたが、少したつと里親のところに送られました。マオリの家族とともにファンガヌイ川の上流でクリスマスを過ごしたのを覚えています。そこでは羊を集めるのを手伝い、垣根を修理し、馬に乗り、川で泳ぎました。それはそれまでで最高の夏でしたが、ある日それも終わり、学校へ戻るときが来ました。そればかりか、どこかで、誰かが、戻るのはもうキャンベル・パークではなく、ワンガヌイの学校だと決めました。それは全く思いがけない大きな不幸でした。

第一に、ロバートが大事にしていた持ち物はすべてキャンベル・パークにありました——家族や職員の誰かがくれた物です。本とアクセサリー、雑誌とプラスチックの動物、農場で見つけた宝物です。多くはありませんが、この世に生まれて一二年の間に手に入れたすべてで、それをもう二度と見ることがなく、そのことにロバートはひどく腹を立てました。まるで、自分がある場所から他の場所へ渡すことのできる物で、本人が望んだり考えたりすることはどうでもいいというようでした。

ワンガヌイに戻って最初は、ある老婦人のところにいて中学校に通いましたが、そこは大嫌いでした。これまでと同じいつもの繰り返しでした。友達もなく、けんかをし、授業は大変でした。選択科目として美術を取りましたがそれも苦手でした。習ったことの半分もやり遂げたことがなく、理解できませんでした。そのために授業中にブラブラして他の子どもたちの邪魔をして叱られました。ロバートは他の学校に送られ、同時に両親とヘザーの家に戻されました。もちろんこの時点では、ロバートの将来について決定した人たちの誰かが、これらのうちのどれかがうまくいくと真剣に考えたかどうかを知るのは難しいことです。

新しい学校はラザフォード・スクールといい、特別学級に入ったロバートは他の子どもたちから「間抜け」というレッテルを貼られました。本当に悲しい時期だったと彼は言います。ですが、彼が持っていた数冊の動物の本――『動物界のハンター』というタイトルの三冊のシリーズの中に、ちょっとした逃げ道もありました。

一冊は哺乳類についてのもので、そこには、クロアシネコ、カラカル、スナドリネコのような、それまで聞いたことのない何種類もの小型のネコが載っていて、他にもマーブルキャットのような貴重な野生の小型のネコが載っていました。何年も後に、私はインドのニューデリーで、たった一時間の空き時間で動物園を駆け巡り、これらのネコのうちのいくつかを見ました。それはとても素晴らしく、いつも思い出される経験でした。

ネコ科の動物はこの少年の情熱になり、『ライフ』や『ナショナルジオグラフィック』といった雑誌から切り抜いた写真でスクラップブックを作りました。獲物を狩る大きなネコ科の動物——トラ、ライオン、ヒョウ、チータなど——の写真でした。ですが家では、学校と同じように、状況はますます悪い方向へ向かっていきました。

私はテレビで、他の子どもたちがどのように扱われているかを見ていました。テレビでは子どもたちは愛され、言うことも聞いてもらえます。悪さをすれば言葉でたっぷり叱られます。物で叩かれたり拳で打たれたりして、何日も続いて痛い思いはしません。テレビで見るものが現実ではなく、生活は残酷なものだということを理解するには長い時間がかかりました。生き残るためには闘わなければならないということを学ぶのにも。

家での状況があまりにもひどくなったとき、ロバートは前にも答えが見つからないときにやったことをやりました。逃げ出したのです。いつもやるのは放課後で、そのまま家へ帰りませんでした。教師、両親、警察が出て捜しましたがロバートは隠れ方を知っていて、数カ月の間にいく晩も、そうしたときのために隠しておいた袋にくるまって、星空の下で眠りました。朝早く歩いていて、ひどく心配そうに自分を見下ろす老人のカップルを見つけたことを思い出します。カップルが警察を呼ぶのを聞いて、ロバートはさっさと立ち去りました。

母親がロバートをかかりつけの医師のところへ連れて行ったのはこの事件の後でした。いつもは父親から「たっぷり叩かれ」て、罰は十分だということになるのですが、今回、家族は専門家の助けをほしがるほどひどく当惑しました。「お母さんはノイローゼ寸前だから私を精神病院へ送る、と医者は私に言いました」。

ロバートは悪い冗談を言うようにこの話をします。この医療専門家の理論を面白がると同時に呆れ、それから彼は黙り、悲しげに頭を振ります。

それからの六カ月は人生で最悪の時期でした。送られたのはレイクアリス病院で、私はそこが大嫌いでした。私ぐらいの年の人は誰もいなかったか、いたとしても一度も見かけませんでした。私は陸に上がった魚のようでした。職員は私を作業療法に行かせたがりましたが、私がお茶の保温カバーや植物ホルダーを作るようになると考えていたとしたら、それは考え違いでした。職員にくそくらえと言ってやりました。そこで私はグラウンドやデイルームを歩き回り、転がっている小銭を他の患者にやる代わりにタバコをもらいました。他に何もすることがなかったので、私はタバコを吸い始めました。それは時間をつぶすのに役立ちました。そしてある日、一本のゴルフクラブと何個かのボールを見つけ、そこでグラウンドを回ってボールを打つことに熱中しました。それに飽きると、新しい五番アイアンを使って窓をいくつ壊すことができるか試し始めました。

ロバートは笑います。普通学校の普通学級で学ぶのに十分なほど賢くなく、賢くないと言う人をバカにするほどには賢い、反抗的な一三歳の少年をそこに見るのは容易でした。また、レイクアリス病院の正門の外の一軒だけの店から万引きするほど抜け目もありませんでした。退屈な日には、施設の中で仲良くなった一人の男性と一緒に盗みをやり、お菓子やアイスクリーム、コミックを盗んでは排水溝に隠していましたが、しまいには誰かがかぎつけ、ロバートを警察に突き出しました。

それから、平均身長よりずっと低く、非協力と微罪の記録のあるロバートは首謀者と推定され、十分に罰せられました。彼は留置棟である第八棟へ移され、それからの数カ月間をそこで過ごし、やがて警告もなしに、もう一度南に、オテカイエケのキャンベル・パーク・スクールへ移されることになりました。

「自分が送られようとしている場所が分かると、私は戻りたくてたまりませんでした。そこでは私はOKでしたし、扱いも悪くありませんでした。ですが私はショックを受けることになりました。到着するとすぐに、自分が年かさの少年たちのコテージにいるのが分かり、状況はひどく違っていました。いくつかのたちの悪いことが続きました」

たちの悪いことの中の一番は性的虐待で、それにロバートはすぐに巻き込まれました。キャンベル・パークが後に悪名高くなるのはこのためで、それは年かさの少年たちによって強要され、職員に容認されているように見える長年にわたる体制でした。その経験にロバートはかつてないほど辱められました。

「私には分かりませんでした。セックスについては何も知らず、そのために自分に何が起こっているのか分かりませんでした。人がどうしてあんなに残酷になれ、何が起こっているのか分からない者の弱みに付け込むことができるのか分かりませんでした」

このことを話すときには、ロバートには昔風の慎み深さがあり、明らかに不快を感じ、またもじゃもじゃの髪を引っかいていました。

「私は性に関する初歩的知識を知らなかったのです。一、二年後に母親と父親が私に話そうとしたのを覚えていますが、その時はただ恥ずかしくて当惑し、私は笑い続け、とうとう両親はあきらめました」

キャンベル・パーク・スクールでロバートは精神的ショックを受けました。自分は汚く、無価値で、身動きが取れないと感じました。そんなことをすれば叩かれることが分かっていたので、起こっていることを誰にも言えませんでした。それだけでなく、長年の間に、自分の面倒をみるはずの人を信用しないことを学んでいました。一番良いのはただ黙ってそれが二度と起こらないのを望むことでした。ですがそれは起こったのです。

ロバートは肩をすくめました。一瞬、それを大したことではないと考えて、過去のことにしようとしましたが、彼はもう一度キャンベル・パークのことを話し始めました。

「私はパンツの中で漏らすようになりました。他の男の子たちが私にあらゆる種類の悪口を言うようになりました。本当にひどい悪口でした。それで私は逃げ出しました。自殺しようとしましたが、どうしたらいいか分かりませんでした」

職員が彼を見つけて連れ戻し、その後しばらくは、ある新しい友人が見つかって、事態は好転したように見えました。ひと腹の子猫を連れた一匹の迷いネコが学校にやって来て、ロバートが面倒を見始めました。職員は構わないと言いましたが、ロバートがもう一度逃げ出すと、ネコに近づいてはならないと言って彼を罰しました。それはロバートを憂鬱にしました。彼はネコたちを愛していましたし、自分の身に起こっていたことのために逃げ出しただけでした。悪いのはロバートではありませんでした。

ネコに近づけなくなると、ロバートは昔の暇つぶしに慰めを見つけました。誰かがラグビーボールをくれ、彼はそれを行くところどこにでも、ベッドにさえ持って行きました。いつでもチャンスさえあれば、キックを――パントだけでなくゴールキックも――練習していました。グラウンドにはいくつかゴールポストがあり、ロバートはかかとを使って窪みを作り、ゆっくりと後退し、走り込んでキックしました。

四〇年後の晴れた十一月の午後、ワンガヌイのスプリゲンズ公園で、ロバートはこの年月の間に自分のキックのスタイルがどう変わったかを披露しました。偉大なバリー・ジョンのように彼は、最初はつま先で蹴っていたのが、足の甲で蹴る（インステップキック）プレーヤーへと変わっていき、自分で地面にプレースしたボールを足の側面で蹴るようになりましたが、最近は自分のキッキング・ティーを持っています。

私はキャンベル・パークでボールを失くしました。ある日他の子どもの一人がボールを丘の下へ蹴り、私はそれを取りに行きましたが見つけられませんでした。学校のある日の昼食時間の終わりのことで、最後には捜すのをあきらめてクラスに戻らなければなりませんでした。それでも私は遅刻し、そのために両手に鞭を受けました。とにかく終業のベルの後で、私はボールを捜しに戻りました。長いこと捜しましたがそれらしいものは見つからず、ようやく新しく刈り取られた畑にそれらしい形の茶色のものを見つけました。それは私のボールでした。芝刈りのトラクターにつぶされたのです。私はとても憤慨し、誰にも慰められませんでした。私は誇りと楽しみを、私の革のラグビーボールを失ったのです。

ロバートが自分のボールをベッドへ持っていったという事実はそれほど奇妙なことではありませんでした。キャンベル・パークは泥棒の巣窟で、少年たちは桁外れに長い時間、わずかしかない持ち物を守り続けました。それにもかかわらず、よく何かがなくなって大変なことになりました。職員の財布がなくなったりすれば、少年たちが軍のキャンプの新兵のようにグラウンドを走り回らされるのが見られましたし、学期の最後に少年たちが休みで学校を離れるときには、盗品を持ち出さないように、いつも服を脱がされて調べられました。

一九七二年に、ロバートは服を脱がされての最後の検査を受け、世間へ戻されました。彼は一五歳で、国は彼とは縁を切りました。

第八章　流浪の身を脱して

アルマ・ガーデンズは今でもワンガヌイのＩＨＣの本部です。混雑した通りから離れ、前中央に高いヤシの木が並ぶ環状の車道のある、二階建ての堂々とした建物です。ワークショップは閉鎖され、今はほとんどがオフィスになっていますが、今でも食堂とキッチンがあり、一階と二階の間の踊り場には、古い写真のモンタージュがあります。そしてそこの写真の中にロバートの貴重な写真がありますす。それは一九七二年のもので、彼はごみを積んだトラックの荷台に立っています。オーバーオール姿の男がロバートに砂糖が詰まった袋を手渡しています。彼はＴシャツ一枚のやせこけた子どもで、ひどいモジャモジャ頭をしていて、少し笑いながらトラックの外を眺めています。もうすっかり本当の少年のように見えます。

この場所は、アルマ・ガーデンズは、私が国の世話になるのを終えた、ずっと昔に来たところです。ここワンガヌイに戻ってきたとき、私は高校に行きたいと思っていましたが、鈍すぎて許されませんでした。それで代わりにここに、ＩＨＣのオポチュニティ・ワークショップへ来ましたが、そこには何の機会《オポチュニティ》もありませんでした。

もう国の被保護者ではなくなり、IHCで働く15歳のロバート（トラックの上）

ロバートは希望に満ちてワンガヌイへ帰ってきました。学校へは行けませんでしたが、昼はワークショップで技術を学び、夜と週末には家族との生活を立て直す計画でした。しかし、波の荒れ狂う海岸のそばの家にはなじみがあったとしても、両親は見知らぬ人でした。赤ん坊のときから、ロバートは家では切れ切れの短い期間しか過ごしてきませんでした。お気に入りのヘザーさえ変わってしまっていました。姉は心身の衰弱を経験し、新しい生活を築こうとしていました。それに、ロバートは普通のティーンエイジャーではありませんでした。

自分でも認めるように、ロバートは怒りと混乱の世界へ入っていきました。彼はさまざまな形で虐待されてきて、誰も、特に権力をもっている人は誰も信用しませんでした。ロバートの社会的スキルは、彼自身の言葉で言えば発育不良でした。彼は人々と理解し合う方法を知りませんでした。友情は謎で、愛情は外国でした。

母親と父親は物事がうまくいくようにしようとしましたが、いつも暴力と意地悪な言葉で終わりました。私が何か悪いことをして、父親が拳かブーツで私を叩くのです。母親は時々、犬の首輪につなぐリードかほうきの柄で私を叩きました。

それに昔からの問題がまだなくなっていませんでした。わたしはベッドで粗相をしていて、それが私にはとても恥ずかしく感じられ、それがますます頻繁になればなるほど、懸命に隠そうとしましたが、それは望みのないことでした。いつも見つかって、自分で洗濯をしなければならず、お前は汚くて家族の重荷だと母親は言うのでした。お前はいつも能無しだと。お前にはいつも世話をする人が必要なのだと言われました。

家で状況が本当に難しくなると、私は自分自身のことが本当に嫌になり、我が家の犬を散歩に連れて行かせてもらいました。雌のコリーで名をタミーといい、私たちは仲良しでした。波打ち際を海岸沿いに歩いたり、運動場のところまで駆け上ったり、時にはそこの子どもたちがやらせてくれれば、タミーを手すりにつないで、子どもたちがやっていたラグビーやサッカーのゲームに加わりました。私はそうした時間が大好きでしたが、タミーを散歩させているはずの時間に遊んでいるのを母親に見つかると、母親ともめごとになりました。

ロバートのラグビーへの関心はあちこちでボールを蹴るだけのところを超えていました。試合のラジオ解説を聞き始め、時にはテレビで国際試合を見ました。彼はラグビーを研究するようになり、機会があれば近くの雑誌店の通路の間で『ラグビーマガジン』を読みふけりました。

母親は最初のうち、彼が新しく夢中になったものを応援しましたが、それはすぐにロバートと父親の間の余分なあつれきの原因になりました。この二人の関係は、ロバートが家に長く留まれば留まるほど悪化し、十代の息子はラグビーの知識が深まると、試合をどう進めるべきか、良いチームはどこかについて独断的な考えをもつようになりました。その結果は家族の二人の男性の間の頻繁ないさかいで、父親が飲んでいれば、時には拳で殴り、時にはもっとひどいことをしました。ある時には、ロバートは顔と肩を蹴られて痛みが何日も続きました。

ロバートはまた万引きをするようになりました。彼は家族と仲良くなりたいと思っていて、それが彼の知る唯一の方法だったので、家族のためのものを盗みました。ロバートは母親にペーパーバックの本、鉢植えの植物、チョコレートをあげましたが、母親は彼がお金を持っていないことを知っていたので、いつも疑いました。確かに、ロバートには国からの収入、すなわち障害手当があり、年に一度、その更新のために医者のところへ行っていました。ですが、そのお金は直接に両親の銀行口座に行ってしまうので、彼がそれを目にすることはありませんでした。

両親と一緒にスーパーに歩いて行き、二人が何を買うかを決める間いつも店の外で待っているという毎週の儀式を、ロバートはいくばくかの苦い思いとともに思い出します。その後で、父親が作った買物用の手押し車を彼が家まで押していくのでした。

「それが、私がよく家族のものを盗む理由でした。悪いとは分かっていましたが、本来はそのお金は私のものだということも分かっていました。私はそこまでの間抜けではありませんでした」

この時期は厳しい時期でした。ロバートの人生は抑制が効かなくなっていました。家でも職場でもけんかをしました。ロバートはいつも盗みを働き、ある時にはそのために裁判所に行く羽目になりました。これは彼をものすごく怖がらせましたが、それでももう一度罪を犯すのを止めることはありませんでした。さらに悪いことには、彼はある年上の男から性的に虐待され、男はご馳走でロバートを黙らせました。絶望的なまでに不幸で、彼はまた逃げ出すという手段を取り、一度逃げだすと何日も家に戻りませんでした。「私は本当に怒っていました。私が感じたり考えたりすることなど、誰もどうでもいいのだと思いました。そして今思い返しても、それは本当だったということが分かります。私は本当の人ではなかったのです。私には何の権利もありませんでした」。

アルマ・ガーデンズでは、この新入りの少年は地元の企業のために封筒を仕分けする仕事を与えられていました。それがかなり退屈になり、ロバートはもっとにぎやかな、若者が大勢働いている、裏にある大きな茶色の納屋に目を向け始めました。その納屋は木工所で、昼食のときに食堂に来る男たちは、大勢の年上の男たちや手紙の仕分けをしている少女たちと一緒に座って、ロバートよりずっと楽しそうでした。彼は何とかそこへ異動させられるようにしようとしましたが、最終的に願い通りになったのは数カ月後のことでした。ロバートはまずその納屋へ移され、そこでは、せっけん箱の糊付けや、キノコ農園から持ち込まれたキノコの販売のための前処理という仕事をすることになりました。

しかしながら、その間にもロバートの悪評が広まり始め、これについて職員のアリソン・キャンベルは思い起こします。「私がＩＨＣで働き始めたとき、ロバートは問題とみなされていました。彼の態度が問題だったのです。彼は怒りっぽい若者でした。自分の暮らし方が気に入らず、それがとても攻撃的なやり方で外に出ました」。

アリソンはワンガヌイＩＨＣの最初のソーシャルワーカーとして雇われ、そのために、その「難しい」利用者を知るようになったのは驚くことではありませんでした。早くもタイガーというあだ名をつけられたこの小さな男の子は、次から次へとちょっとしたけんかをしているようでした。ロバートは思い返します。

私の気が荒かったからです。誰かに腹を立てれば、私はその人たちとやり合いました。相手がただ私を見ただけでも、しり込みせずに前に進み出ました。私より大きかろうがそうでなかろうが、全力でかかって行きました。

そう、私にはその人たちをどうしたらいいか分からなかったのです。私はとても多くの問題を抱えていました。あらゆる形の虐待を受けていて、そしてもちろん、私も他の人たちを虐待する方法を学びました。そしてそれを実行しました。私は人を殴り、傷つけました。

私のけんか相手は他の知的障害者だけではありませんでした。職員ともけんかしました。私は反抗的で、その頃ＩＨＣの一員であることは、私たちが永遠の子どもとして扱われたために、私にはとてもつらく感じられました。私たちは決して成長せず、自分でものを考えられないと思われていました。私たちの代わりに他の人たちが考えてしまっていたのです。

アリソン・キャンベルはそれを変えたいと思いました。ソーシャルワーカーとしての彼女の信念は、人々ができることを最大限までやるのを助けることでした。人々の依存を減らすことでした。しかし、彼女が入ってきた組織には依存が深く根づいた、長きにわたって確立されたパターンがありました。

多くのワークショップのフロアーでは、職員がより複雑な作業を引き受け、ロバートと仲間たちには最もつまらない仕事だけが残されました。仕事を自分でやるほうが、誰かにやらせてめちゃめちゃにしてしまう危険を冒すより簡単だという態度があったようです。その考え方は食堂にまでおよび、そこでも職員が作業員のパンにバターを塗り、お茶を注ぎ、そのために、こういった最も単純な動作なら完全にできる人もそれをやる機会を決して与えられず、そしてそのために、やり方を決して学ぶことはありませんでした。ホステルに住んでいた人たちは、多くの場合、まるで小さな子どものように職員に服を着せてもらい、シャワーを浴びさせてもらっていました。ホステルで学校の休みの間の仕事として働くティーンエイジャーによって身体を洗われるという当惑と屈辱を、多くの障害者は決して乗り越えることができませんでした。アリソン・キャンベルは、自分がそこで目にした依存の文化に驚かされました。

私が最初にＩＨＣで働き始めたとき、知的障害者のほとんど全員が女性職員を「お母さん」と、男性職員を「お父さん」と呼んでいました。それがその場所の伝統だったのです。みんなが私をそう呼び始めたとき、私は「いいえ、私はあなたのお母さんではないわ。アリソンと呼んで」と言いました。そうした人たちの中には私よりかなり年上の人もいて、私を自分の母親として見ているかぎり、私たちが一緒のときに彼らはいつも子どものような気持ちでいるだろうということが私には分かっていました。それは間違ったことでしたが、多くの職員は親のように扱われるのを好んでいました。

ロバートはそうした職員の一人を覚えています。

自分を「お母さん」と呼べという職員がいました。この職員は手ごわい相手でした。食堂で働いていて、その場所を自分の台所のように仕切っていました。誰も彼女には逆らいませんでしたが、ある日この職員が私に自分のことを「お母さん」と呼んでほしいと言いました。私は家に母親がいるので、「いいえ、あなたは私のお母さんではありません」と言うと、彼女は私の顔を平手で叩き、それで私は「やめろ」と言いましたが、それは彼女には慣れていないことだったようで、今度は私を蹴り、それで私もすぐに蹴り返しました。

食堂にいた誰もが座ったままで、静まりかえっていました。彼らはこの若者が年上の職員にこんなことをするのにとても驚きましたが、私は長いこと虐待されてきて、もうたくさんでした。

当然のことながら、この事件の後で、ロバートは二階のアリソンのオフィスへやられました。アリソンはすでに職員からこのけんかのことを聞いていて、今度はロバートの要領を得ない説明を聞き、自分の仕事ができたことが分かりました。アリソンは、うまくいかなかった入所の記録が並ぶこの若者のファイルを読んでいて、これが子ども時代の傷心と喪失の印だということを理解していました。彼女はそのことをロバートの顔に見ることができ、しどろもどろの説明の中に聞くことができました。向かい合って座っている少年は人生に怒り、新しい世界に対応していこうと苦闘していました。何度もカウンセリングをすればロバートを助けることができるかもしれませんでした。一方、職員を助けて考えを変えさせることのほうが難しい仕事でした。「悪い人たちではないのです。物事をいつも一定のやり方でやってきて、ずっとそういうやり方をすべきだと思っていただけなのです。私たちが導入しようとした新しい考え――人々には権利があり、選択できるべきだという考えに反応する人も中にはいましたが、他の人たちは抵抗しました。そういう人たちには物事をこれまで通りの方法でやっていくほうが簡単だったのです」。

当然ながら、この少年とソーシャルワーカーは友達になりました。ロバートは定期的にアリソンとのセッションをもち、自分の生活のことを彼女に話し、怒りをコントロールする方法を学び、できれば、トラブルに関わらないことに同意しました。アリソンは今では退職していますが、この関係は今でも、三五年以上にわたって健在です。この頃ではワンガヌイの家にいるときには、ロバートは彼女の家に立ち寄っては、最新の仕事や、昔の思い出を話します。アリソンのほうは、一九七〇年代のロバートには彼の多くの友達と同じように、例えば、彼の動物の知識というような特別な才能があったのを覚えています。ロバートが機会あるごとに、町の中心の丘に建つ壮大な建物であるワンガヌイ公立図書館に行っていたことをアリソンは思い出します。ロバートは言います。

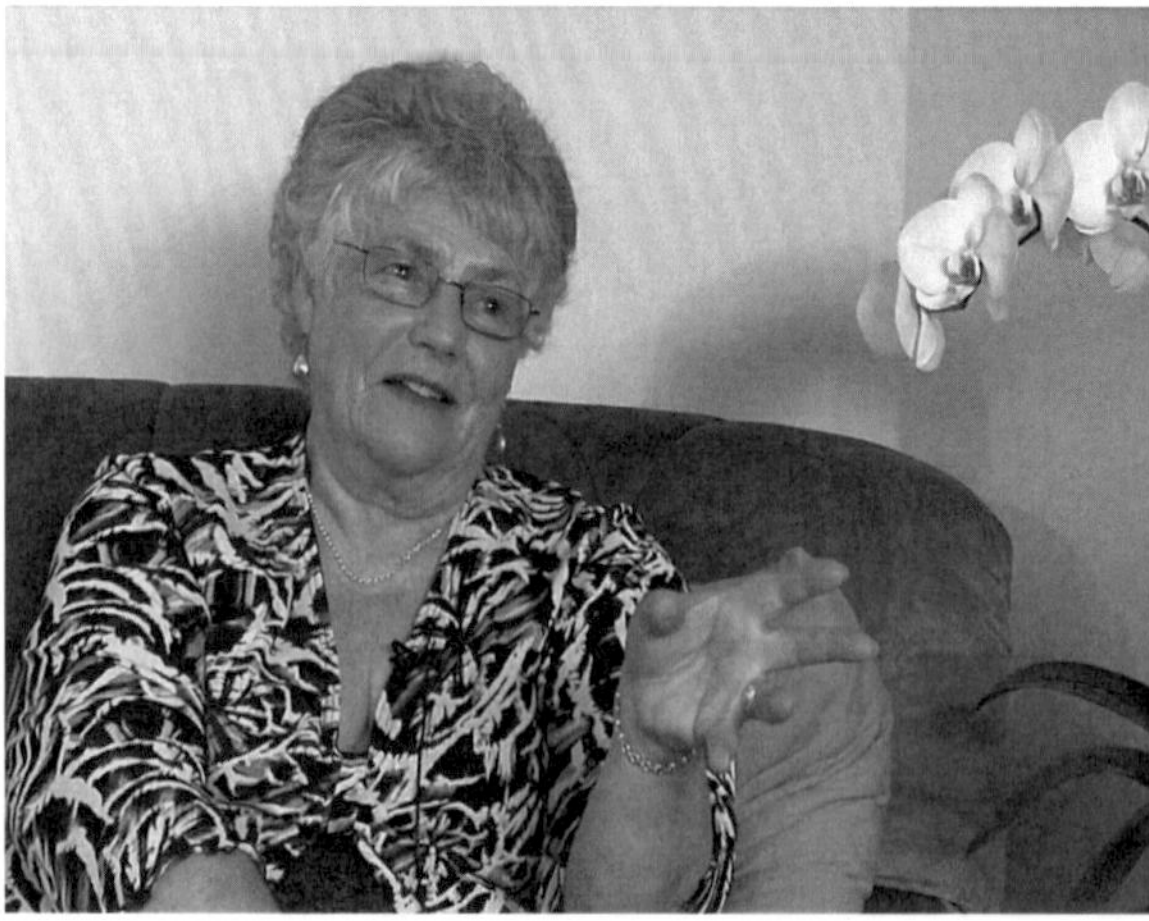

ロバートと友人の記憶を語る、1980 年代にワンガヌイのソーシャルワーカーだったアリソン・キャンベル

図書館には素晴らしい動物の本がたくさんあって、それをすべて、繰り返し、繰り返し読んだので、私は非常にたくさんのことを知るようになりました。しばらくして、他のことについても読み始めました——世界中のいろいろな場所や国についての分厚い本、それから次には戦争の本のような別の本を。私が何も知らないことがとてもたくさんありました。

世界から離れた場所に閉じ込められて人生を過ごしてきて、私は何も知りませんでした。私はニュージーランドで育ちましたが、オールブラックスや登山家のヒラリーのことは聞いたことがなく、オリンピックやベトナム戦争、ジョン・ケネディやマーティン・ルーサー・キングの死のことも、ネルソン・マンデラの投獄のことも何も知りませんでした。イギリスのポップ革命のことも何も知りませんでした。これらは私の世代を形づくったことだったのに、私はそれを過去に遡って学ばなければなりませんでした。

今ロバート・マーティンの家へ行くと、本が一杯に詰まった部屋に案内してくれますが、彼がそこで何かを見つけられるのは驚きです。歴史や動物の本の棚、スポーツの本が詰まった箱がいくつもあります。ロバートが土曜の朝によく行く露店や蚤の市で、鼻に眼鏡を乗せ、どれを買おうかと何冊かの本をぱらぱらめくって目を通して集めた、文字通り数千冊の本です。

私は変わっていません。動物についての本を読んだりドキュメンタリーを見たりするほど楽しいことはありません。今私は動物の本を千冊以上持っていて、毛皮のために希少動物の狩りをする人たちのことを聞いたときには本当に動揺しました。そういう毛皮は人が着るより動物がまとっているほうがいいのです。人間はとても欲張りで、とてもたくさんの動物が絶滅したり、絶滅の危機に瀕したりしています。私は動物の味方です。

アリソンはロバートの収集が十代のときに始まったことを思い出します。

ロバートは物を貯め込んでいましたが、その方法はいつも正しいものだったとは言えませんでした。私たちは私のオフィスでセッションをやっていて、私はそのときに、ロバートがワンガヌイ図書館の百科事典を全巻持っているのに気づきました。そして彼がどうやってそれを手に入れたかは分かりませんでしたが、一度に一冊ずつ持ち出していたことが分かりました。ロバートは野生生物、地理とスポーツに対して驚くほど強い関心をもっていて、これら三つのテーマについての図書館の本のほとんどすべてが、最後には彼の手元に集まってしまうのでした。六百八十冊以上あったと思いますが、ホステルで共有していた部屋に注意深く隠されていました。

ですが、私にはロバートが何でこんなことをしたかが分かります。私には自分の物があります。ロバートと友人たちには何もなかったのです。

ロバートが集めたのは本だけではありませんでした。ロバートは音楽にも目覚めつつありました――流浪の年月には失われていたものです。一九六〇年代のポップカルチャーの歌は愛と自由を熱望する歌で、彼はその中に自分の抑圧された声を聞いていたのです。（今、彼は一万枚以上のレコードやCDを持っていて、すべてが詳細に目録に記されています。そのうちの何枚かは、二〇〇六年に私たちが一緒に行った車での旅行のサウンドトラックになり、何マイルか過ぎると、ロバートは、レコーディングした歌手とその場所を言い、一瞬の間を置いて、レコーディングの年や、時には作曲者名まで言いました。）

何がロバートに、それほど熱心に集めさせたのかがアリソンには分かっていました。

そうした本やレコードで、ロバートは自分のアイデンティティを構築していたのです。残念なことに、やり方は合法的ではありませんでした。レコードはロバートがレコード店にいる間に、言ってみれば彼の物になりました。そこで、私がロバートにやらせようとしたことの一つは、それを元の持ち主のところに戻させることと、自分がほしい物のために働くよう促すことでした。そして彼はそれをやりました。

ロバートがほとんどのレコードを盗んだレコード店主が素晴らしい人で、ロバートと私が行って事情を説明したときにとても良く理解してくれました。ちょっと奇妙な感じ方ではありますが、それほどまでに音楽を愛するこの若者が、その情熱を追求するために自分の店を選んだことを、そのやり方が違法だったとしても、店主は誇りに感じたのだと思います。ロバートは最終的にお金を払いました。レコード店主がロバートについて尋ねてきたとき、店主のレコードを集めていた若者がやっている素晴らしいことを話すことができたのを、何年もたった今でも覚えています。

……ですが、当時は悪夢でした。

このインタビューの間に、アリソンは一息つくと、ロバートのほうに眼をやり、ロバートはその間ずっと隣のキッチンに黙って座っています。彼は自分が見えないようにしようとしていますが、それは当惑や恥ずかしさのためでなく、自分の存在をアリソンに邪魔だと感じさせないためです。

「こんな話をしてあなたは大丈夫なの」とアリソンがロバートに尋ねます。

「遠慮は無用です」とロバートは手を振って言い、そこでアリソンは続けます。

「ロバートはラグビーにも大いに関心を持っていましたが、それについても大分やり過ぎました」。

キッチンのテーブルでゴソゴソという音がします。アリソンの話がどちらに向かうのか分からずにいたロバートが狼狽で顔を赤くして、身体を二つに折るようにして笑います。

「私たちはロバートが、あるラグビークラブのジャージーを一五枚持っていて、寝室に隠しているのを見つけました。ジャージーだけではなく、ソックスとショーツもありました。チーム全部に着せるのに十分な服装一式を持っていたんです！」

アリソンもロバートの笑いに加わります。まったくばかげた話のように思えますが、ロバートがようやく笑うのをやめて説明します。「私が最初のラグビージャージーを手に入れるのに一五年かかりました。キンバリーにいたときに初めてボールを手に入れてからかなり後で、ラグビージャージーを着ることはニュージーランドの社会の一部だったので、私も着たいと思いました」。

ラグビーは依然としてロバートのお気に入りのスポーツです。彼は五百冊以上のラグビーの本を持っていて、自分が愛するこのゲームに対する利益追求主義の影響の強い批判者であるにもかかわらず、オールブラックスとワンガヌイ地方のラグビー事情に通じています。

第九章　ストライキ

一九七三年には、ロバートは何とか木工所に異動させてもらうことができ、そこが気に入りました。そこは本当の少年のクラブでした。そして少女たちがその古い納屋の中に首を突っ込むことは強く止められていました。それはロバートには一番合っていました。彼は少女たちには関心がなく、少女たちは面倒なだけでした。

木工所ではたくさんのものを作りました。おもちゃ、種や卵を入れる箱、小屋やネコの飼育箱、家の移動を行う会社のためにコンクリートパイルを作りました。パイル作りはとても楽しいものでした。私たちはほとんどが若い男性で、いたずらもたっぷりやりました。コンクリートブロックの中に何を隠すかについて、最も大胆で独創的なアイディアを誰が思いつくかやってみました。ハンマー、グリース注入器、釘や他にもあらゆるものがたくさんなくなりました。今日もどこかで、こうしたものが家を支えるのに役立っています。

私たちは炭酸塩の固形燃料の袋詰めもやり、ボスが辺りにいないときにそれに火をつけると、辺りは戦争のようになりました。電球や窓がしばしば壊れました。

ロバートが納屋で働くようになったときには、昼食のときには大したことはやられていませんでした。少年たちと大人の男性は食事のために食堂に現れ、その後、仕事に戻る時間までブラブラして過ごしました。ロバートはすぐにこれを変えました。ブラブラ過ごすのが大嫌いでしたから、彼はボールを持ち込み、庭じゅうを蹴って回り始めました。

すぐにサッカーのゲームが行われ、そうなると窓が壊され、大きな笑い声が起こり、急いで走って隠れる場所を探す姿が見られるようになりました。

続いてラグビーとクリケットが行われるようになりました。環状の車路の中がピッチに、背の高いヤシの木がカバーの野手になりました。彼は屋根裏にあったほこりまみれの古いポケット用の玉突き台を見つけ出し、勝手にそこへ忍び込み、ポケットをやりました。ネットポケットのうちには穴のあいているものがあり、ボールが床に落ちて、その音で階下のオフィスの人たちに分かってしまうので、彼はそれを何かで埋めなければなりませんでした。そうしておいてから二人の仲間をこっそり連れ込み、気づかれないように静かにゲームをしました。その暇つぶしは、木工所の管理人に捕まるまで続きました。

ロバートは今思い返して、自分がとてもたくさんの人々の生活にスポーツを持ち込んだことを誇りに思っています。そこではスポーツらしきものはありましたが、実際に試合をやることはありませんでした。テニスボールや豆の入った小さな袋を手桶に投げ込んだり、輪を通したりする特別な日はあっても、それはスポーツの日ではありませんでした。それが好きな人もいるかもしれませんが、それは子どものゲームで、ロバートと友人たちは子どもではありませんでした。ロバート・マーティンがやって来てから数年後に、アルマ・ガーデンズのチームが地域の人たちを相手に、ラグビー、ローンボウルズ、クリケット、サッカーの試合をやり始めました。

それからの数年間、ロバートはIHCでいくつかの仕事をしました。彼はトラブルに巻き込まれ続け、アルマ・ガーデンズ周辺ではあまり好かれてはいませんでした。ロバートを気に入った女の子も何人かいましたが、彼のほうは関心がありませんでした。自分は自己中心的すぎたとロバートは言います。事実、彼はときに「非常に卑劣で、人をいじめては立ち去る」ことがありました。ある日、元軍人のIHCの管理者に、おまえは甘やかされたガキで、成長する必要がある、と言われたことを彼は覚えています。

その間にも、家では、事態は最終的な対決に向かっていました。ロバートは時々ホステルで暮らしましたが、ほとんどのときは家族とうまくやろうとしていました。

暴力はやはり続いていました。私はみんなに頭のコブのことを聞かれるので、髪の毛を刈られるのをひどく嫌がったものでした。コブはまだ消えていませんでした。

それから、あの夜のことがあって状況が変わりました。父親が酔っぱらって母親をひどく叩き、私は自分が父親を止められることに気がつきました。キャンベル・パークでボクシングを少しやったことがあり、自分を守る方法を知っていたので、私は父親と母親の間に割って入り、父親に言いました。「僕はお前より強くて、お前がもう一度母さんをぶとうとしたら、お前をぶちのめすぞ」。

それはロバートの最初の不服従の行動だったわけではありませんでしたが、間違いなく彼の人生を変えた行動でした。父親がびっくりしたことと、ひどく怒って顔をそむけたことに彼は気づきました。ロバートは、何かが変わったのを感じましたが、変わったのは父親との関係だけでなく、自分自身に対する理解も変わりました。

その後父親は決して私を殴りませんでした。ですが母親には殴られました。彼女は私を犬のタミーの鎖で殴り、私はそれに、耐えていたと言ったらいいでしょうか。一九歳の誕生日に近いある晩まで。母親が犬をつなぐ綱で私を叩き、私はうんざりするほど罵られ、私は家族の首にぶらさがったひき臼で、役立たずで、決して一人前にはならないと言われ……もうたくさんでした。

ロバートはわずかばかりの持ち物をまとめ、両親の生活から出て行きました。その後、彼は長年にわたって両親と会うことはほとんどありませんでした。ロバートは、ＩＨＣで働いていたマオリの女性で、ロバートと特別なきずながができていたミッツィのところへ引っ越しました。それからの数年間、彼はミッツィの家と海岸近くのＩＨＣのホステルの間を行ったり来たりし、ホステルでは部屋を共有し、両親の代わりに職員が、居住者の生活を秩序だったものにしました。「何もかもがまさに決まったパターンでやられていました」と、アリソン・キャンベルは説明します。

1970年代の終わり、農場でのロバート・マーティン

居住者は何を食べるかを選ぶことはできませんでした。何を着るか、何をするか、またはどこへ行くかを選ぶことはできませんでした。髪を切るというようなことさえも一緒に行われました。全員が同じ日に髪を切りに行き、全員が同じように見えました。海外の訪問者がワンガヌイに来て、ロバートと二人の友人に紹介されたことがあったのを覚えています。全員が同じ服を着て、同じ髪型をしていたので、その女性の訪問者は、三人の若者は三つ子なのかと聞きました。

一九七七年に、ロバートはアルマ・ガーデンズを去りました。彼は肉付きが良くなり、元気で頑丈で、新しいスキルを学ぶことができたので、市のはずれの、川向こうの農場に移されました。それはＩＨＣによって運営されていた事業で、市場に出す野菜を栽培し、羊、肉牛、豚を放牧していました。それはロバートのような頑強な少年にとってさえつらい生活でした。彼は果樹園で働き、動物を世話し、木を移植し、その枝下ろしをし、ハリエニシダを切って土地を灌漑するための放水路を掘りました。仕事が途切れたときにはＩＨＣのいろいろな所有地の芝を刈り、ＩＨＣが結んでいた二つの契約を履行するために、石炭を梱包し、肉のラベルを印刷しました。休日は国の祝日だけでした。もうすっかり嫌になり、あるいはただもう疲れ果ててしまったとき、ロバートともう一人の友人は、戻ったときに厳しい叱責を受けることを知りながら、一日姿を隠しました。

若い頃を再びたどる二〇〇六年の旅で、ロバートはこの農場を訪れました。長い車道沿いの背の高いポプラの並木は記憶通りで、丘の上高くには貯水塔が、ずっと昔ロバートと友人たちが住んだ小屋を見下ろしていました。車を降りて秋の日差しの中に入っていくと、ロバートは青い胸当て付きのズボンを着て、つばなし帽子をかぶった古い友人を見つけました。友人は整然と並ぶカリフラワーとブロッコリーの列の間を掘っていましたが、最後に会ってからほぼ三十年がたっているのに、二人は笑って握手し、イチヤクソウの真ん中で昔話を始めました。

農場にいた頃ロバートは、動物の行動についてのものばかりでなく、人々の行動の仕方についてもたくさんの本を読み、テレビのドキュメンタリー番組を見ました。歴史の本も読み、後日「人間の人間に対する非人間性」についてのものだと自ら言う物語に魅了されました。それは彼が共鳴させられた物語でした。

1980年頃に豆を摘む農場の労働者。ロバートは右から２番目。その右が彼の良き友であるレイ・ローズ。左側がジョン・マッギーとデビッド・ボルステッド。デビッドと管理者とのあつれきがサニーデール農場でのストライキにつながりました

自分自身の生活がまともでないことは分かっていました。一五歳で、施設での生活から解放されていましたが、私は多くの点で、キンバリーやキャンベル・パークにいたときより決して自由ではありませんでした。ＩＨＣの中でさえ、人々は私たちを軽蔑の念をもって扱いました。私たちをまるで能無しのように、まるで社会的に無価値であるかのように扱ったのです。つまり、私たちは無価値な人間で、彼らは私たちをこき使いました。

ある晩ベッドに横になって、私のような人々がなぜこんな扱いを受けるのかと考えていたことを、私は覚えています。そして、それはあの人たちと私たちの問題で、あの人たちに奪われたから私には何の力もないのだと考えたことを覚えています。私は、私の力を一番多く奪うのは私を世話していると言う人だと考え始めました。

そんなわけで、彼が大人になって、その頃、管理している人たちの誰にも異議を申し立てなかったのはなぜかと聞かれて、ロバートはすぐに、ほとんど怒ったように指摘しました。「私たちは規則に従うしかなかったのです。それが当たり前だったのです。私たちには知的障害がありました。私たちには何の価値もありませんでした。私たちはつまらない人間でした。無価値でした。私たちには何の権利もありませんでした。私たちは二級、三級、四級の市民で、私たちは自分たちが役立たずだと考えるようになっていました。みんなはただそのことを我慢していたのです」。

一九七九年に状況が変わり始めました。その年、厳しい農場の状況が、新しい職員が、毎朝物事をうまく運ぶために労働者がもっと早く起きる必要があると決めたために、さらにひどくなりました。八時までは仕事を始めなくていいことになっていたのに、労働者は朝の五時に起こされるようになり、そうしたやり方を彼らは数週間我慢しましたが、それからそんなことは続けられないと判断しました。ある朝、労働者たちは庭に出てそのことを話し合い、それから二階のボスのオフィスに行きました。ボスは言われたことについて職員と話をしようと言い、翌日、起床時間はいつもの時間に戻されました。誰も何も言いませんでしたが、男たち全員が、自分たちがちょっとした勝利を収めたことを心に刻みました。

勝利は長続きしませんでした。すぐにボスがいなくなり、新しい管理者が着任しました。新しい管理者は農業についてはいくらか知識はあったかもしれませんが、農場で働く人たちのことは何も知らず、自分のために働く人たちに何の敬意も払いませんでした。事実、ロバートと仲間たちも農業についてある程度の知識はありましたが、もの静かな、年かさの人だったデビッド・ボルステッド以上によく知る者はなく、他の人たちは彼を尊敬していました。デビッドは農場について熟知していて、農場がうまく運営されているのは彼のおかげによるところが多かったとロバートは言います。ですが新しい管理者は、多分デビッドがよく知っていて他の者たちから尊敬されていたために、すぐにデビッドを嫌うようになりました。彼はデビッドにまったく敬意を払わず、機会あるごとに卑劣な手段で攻撃しました。

ある晩、特に厳しい一日が終わった後で、デビッドはロバートの小屋へ助言を求めに来ました。デビッドは自分に対する扱いに進退窮まっていて、荷物をまとめて出て行きたいと思っていました。ロバートは、状況が変わらなければデビッドが農場でやっていけないことに同意し、しばらく考えると、「私たちにはストライキができる」と答えました。

「ストライキって何だい?」デビッドが尋ねました。

「仕事場には行くけれど、実際には仕事をしないということです」

ロバートは言い、デビッドは座ってそのことを少し考え、それから「面倒なことにはならないか?」と聞きました。

「多分なるでしょう」

そして翌日、二人はそれをやりました。朝、労働者はいつもの朝と同じように早く集まりました。ですが、監督が、誰がどこへ行くかの指示を与えようとしたとき、ロバートが割り込みました。

みんながシャベルとつるはしを手に取ろうとしているところで、私はみんなに、今日は仕事はやらないと言いました。「私たちはストライキをやっている。ここにいる友人のデビッドがひどい扱いを受けているからだ」と、私はみんなに言いました。「それをやめさせる必要がある」。何人かはデビッドを助ける必要があることに同意しましたが、他の人たちは訳が分からずに泣き出しました。

私は言いました。「みんなが面倒に巻き込まれることはありません。もし誰かが面倒なことになるとしたら、それはデビッドと私です」。

職員はこれを聞いて邪魔を始め、私たちは仕事に行かなければならないと言いましたが、私は言いました。「いや、私たちには片づけなければならない問題があります」。

そこで職員は管理者を呼びに行きました。

アリソン・キャンベルもその日のことをよく覚えています。騒ぎの話が聞こえてきたとき、彼女はアルマ・ガーデンズの自分のオフィスにいました。

ボスが入って来て、農場の男の子たちが――「農場の男の子たち」――が働かないと言っていて、ロバートが首謀者だと言いました。

そこで私たちが車で農場へ行くと、労働者は働くことを拒否していて、ロバートが仕事をしないことがどういうことか本当には分からない者たちを励まして――とても力強く励ましていました。

話し合いは何時間も続き、ロバートとデビッドは自分たちの関心事を明らかにしました。そして昼が夜に替わり、デビッドは一人でオフィスに行き、地域の監督と話すよう説得されました。デビッドが最終的に姿を現したとき、ロバートに、自分は出て行くと説明しました。農場の新しい管理者とは決してうまくいかない、だから自分はどこか他の場所へ行ったほうがいい、とデビッドは言いました。

「デビッドがいなくなるのは残念でしたが、彼はもう決めていました」とロバートは言います。私たちは友人を失いましたが、状況は変わりました。私たちは、自分たちが窮地に陥ったときに何をすればいいかを知りました。そして管理者には、私たちのような人たちを大事にしてほしいと私たちが思っていることが示されたのです。

振り返ってみて、その一日のストライキの重要性を測るのは難しいことです。それより前に知的障害者のストライキが世界のどこかであったという記録はなさそうですが、多分当時はそういうことは記録されなかったのでしょう。間違いなくサニーデール農場でのトラブルはニュージーランドのマスコミには取り上げられませんでした。しかしながら、それに意味がある場所では、その話は語り継がれました。ウェリントンのＩＨＣ本部の最高経営責任者（ＣＥＯ）のジョン・ボールドウイン・ムンロ（いつもは「ＪＢ」と呼ばれていました）はロバート・マーティンの名を初めて聞きました。この年取った労働党員はうずくような称賛の念を覚えました。
もっと重要だったのは、知的障害者がこの事件のことを知って、一年後に、アルマ・ガーデンズの女性たちが、解雇された職員を支援してストライキで抗議したことです。これは偶然起こったことではありませんでした。この時には障害者が勝利し、出て行かなければならない人は誰もいませんでした。

そしてロバートも、友人のデビッドは失いましたが、やはり何かを発見しました。自分が一人の人間であること、他の人たちに話を聞いてもらえる本当の人間であることを。ロバートには意見を述べる手段がありました。それはゴルフボールを窓に打ち込むよりずっと気持ちのいいことでした。

ロバートはデビッドがいないことを寂しく感じました。彼はこの年上の人物から農業についてだけでなく、自分が子ども扱いされる世界で大人であるにはどうしたらいいかについても多くを学びました。

しばらくして、ある人物が新しく姿を現しました。一人の少女で、ロバートは初めて自分がロマンスの当事者になったのに気づきました。三〇年が過ぎても、彼はそのことを鮮明に覚えていて、心を奪われ、二人には何か特別なものがあると思ったと言います。でもそれは間違いで、週末のキャンプでこの少女が他の男と共にロバートを裏切ったことを知ったのです。ロバートは混乱し、傷つき、怒り、少女と会ったときに、考えられるただ一つのことをしました。彼女の顔を平手で叩き、そのために彼のほうが不利な状況になりました。ロバートはオフィスで手厳しく叱られましたが、彼にはなぜ悪いのが自分のほうなのか分かりませんでした。何とも不公平に思われました。その経験に傷つき、ロバートが再びロマンチックな愛を信じるまでには長い時間がかかりました。

彼は農場で二一歳を迎えましたが、両親と姉が自分にニュージーランドの伝統であるドアの鍵をプレゼントしに現れないのを悲しく感じました。そういうことが起こるはずだということをロバートは知っていたのです。何度かの週末、他の家族がサニーデールの自分たちの息子や娘のところを訪れるのを見て、この二一歳の若者は自分の部屋で泣きました。彼は孤独で、先へ進む必要があり、自分でもそのことを知っていました。

1980年頃のサニーデール農場でのロバートと子猫のボニー

ロバートはペットの猫を手に入れました──それは持ちたいと長いこと働きかけながら、知的障害者には許されないために拒否されてきたものでした。にもかかわらず、ロバートは粘り強く、何度もペットについての自分の状況を懇願し、ようやく管理者が折れたのでした。

私はとても幸せでした。茶トラの猫で、私はボニーと呼びました。足指が一本余分で、そのためにこの小さな子猫はとても大きな足をしていました。そのすぐ後、ここの職員も子猫を飼うようになり、それは灰色のトラネコで、そうなんです、私たちの農園にはボニーとクライド[11]が暮らすようになり、そして二匹は名前に恥じない生き方をしました。ある時は、私たちがお茶の時間に食べようとしていた魚を取ってしまいました。私の評判が何と悪かったことか。

同じ名のアンチ・ヒーローと同じように、ならず者のネコたちのコンビは残念ながらはかないものでした。ロバートは、ワイカナエのキャンプに行く間、ボニーの世話をある職員に任せました。戻ったときには子猫はいなくなっていました。そしてこの時に彼がなくした宝物は、それだけではありませんでした。ロバートのレコードのコレクションは週ごとに大きくなっていました。彼はもうそうしたレコードを、自分が貯めた給付金で合法的に手に入れていましたが、ある日、多くのレコードが傷のついたものと取り換えられているのに気づきました。ロバートは激怒し、やがてレコードを取ったのが誰かを知りました。それは職員の一人で、彼より年下の女の子でしたが、彼がボスに文句を言ったときには誰も信じませんでした。そのことについては本当に不公平なところがありました。ロバートは鈍すぎて、職員に自分の物を取られても分からないだろうと思われたようです。二週間の間ロバートは激しい怒りを抱えていました。そして、我慢の限界が来ました。

　私はロックグループのキッスの「ラヴィン・ユー・ベイビー」というレコードを買ってあって、ある朝それを、仕事から帰ったら聴こうとタンスの上に置いておきました。その晩私が部屋に行くと、それはなくなっていました。捜しまわりましたが、誰かが盗んでいったのだと分かりました。私はイライラし、自分の小屋を出て車道をゲートまで行きました。それから大通りを北へ向かいました。

サウスタラナキの姉のところへ行くつもりでしたが、さほど遠くまで行かないうちに一人の職員が私のほうに車でやってきて停まり、どこまで行くつもりなのかと聞きました。そこで私はその女性職員にすべてを話しました。彼女は誰かがキッスのレコードを盗んだのは確かかと聞き、鈍いように見えるかもしれないが自分はそれほど鈍くはないと私は答えました。とにかく、彼女は車に乗るよう私を説得し、私を農場に連れて帰りました。私はまだ本当に怒っていましたが、するとと翌日、仕事の後に、部屋に入ると、「ラヴィン・ユー・ベイビー」が、私が置いておいたまさにその通りにあったのです。奇妙なことです。

職員が物を盗んだのはこれが最初ではありませんでした。別の若い女性は大勢の労働者の物を盗んでいましたが、この女性はある晩ロバートのベッドに入ってきた後で解雇されました。そのことでロバートは怒り、当惑しました。うわさが広まったときには特にそうでした。

ロバートはサニーデールを出たいと思い、週末にはワンガヌイへ出て、アルマ・ガーデンズの友人と旧交を温めるようになりました。それは許されていたことではありませんでしたが、ロバートは、アルマ・ガーデンズでも、いつも大胆にゲートを出る人でした。それは彼がトラブルメーカーと目されていた理由の一つでしたが、ロバートは物事を自分のやり方でやると決めていました。

私は疲れ果てていました。休日についての労働法が私たちには適用されなかったために、時々の週末の休みを除けば、一年の休みは一一日の国の祝日だけでした。それればかりか、とにかく、何をすべきかを私に言い続け、私がどんな人間で、私にどんなになってほしいと思うかを私に言い続ける人たちにうんざりしていました。私はあるがままの私で、それが人間であることの独自性なのです。やってほしいと言われたことが気に入らなければ、私はノーと言いました。

そうした週末に出かけるとき、ロバートはラグビーボールを持ち、誰かからもらったラグビージャージーを着ていました。それは彼が大事にしていた服で、IHCから支給されたものよりずっといい服でした。時々ロバートはその服をズタズタにしてきました。仲間と会ってラグビーをしていたのです。彼らはニュージーランドを訪れているオーストラリアのチームと試合をするワンガヌイのチームのつもりになったり、南アフリカの長いツアーで高地の草原でプレーするオールブラックスのつもりになったりしました。チームメイトが得点を上げた後で、ロバートがトライ後のキックをしたりしていました。彼は競技場のどこからでもキックを成功させることができました。時には、オールブラックスが激しく攻撃しているときに、ロバート・マーティンがラックの後ろのポケットの位置に入り、ボールを要求しました。彼のドロップゴールで際どい勝負に勝ったことが何度もありました。

本物のオーストラリア代表《ワラビー》がある日の午後、スプリゲンズ・パークで試合したとき、ロバートはスタンドにいましたし、華々しいフィジーのチームもそこで見ました。彼は今でもそうした試合のプログラムを、一九八一年の有名な南アフリカのスプリングボックスのツアーの記念品と一緒に、スクラップブックに貼っています。ロバートと何人かの仲間は、彼らのホテルでボックスに会いました。選手たちはこれまで見た最も偉大な男たちでした。

ツアーに対する抗議があったことは知っていましたが、ゲームが政治目的に使われるべきではないとロバートは考えていました。それに、地球の反対側の人々の権利と自由について叫ぶのは大変結構なことですが、全生涯にわたって閉じ込められているニュージーランドのすべての人々のことはどうなのでしょうか。ロバートは二一歳だというのに、ほとんど何の人権もありませんでした。彼のためには誰も行進してくれませんでした。

仲間との試合はとても楽しかったのですが、それでは物足りませんでした。ロバートは本当のチームでプレーしたいと思いました。

ロバートはいつも犬のタミーを散歩させ、つないでいたキャッスルクリフ・ラグビー場で、ある日、コーチに自分がプレーできないか聞いてみました。コーチはOKと言いました。

ロバートはキャッスルクリフのためにプレーすることで本当に興奮していました。それは彼の夢でしたが、「普通の」世界にいることが簡単ではないことがすぐに分かりました。友人たちとのスポーツでは、仲間たちはそれほど多くプレーしていなかったために、ロバートはほとんど誰よりも優れていたのですが、今度は技術を持った人たちと一緒にプレーするようになったからでした。

しかし巧妙さに欠けていたところをロバートは情熱で補いました。彼は試合の間中走りまわり、タックルで激しくぶつかり、文字どおり負け方を知りませんでした。実は、それが問題でした。能力が十分でないとき、ロバートはファウルをしたり、パンチを見舞ったりしたので、レフェリーやときにはチームメイトが彼を説得しなければなりませんでした。ロバートが自ら描いていたようなスポーツマンになるには時間がかかりました。

学ぶのにはかなり時間がかかりましたが、私はチームの一員であることをとても誇らしく思っていました。プレーしているときには常にできる限り頑張り、シーズンの終わりには、私たちは二つの大会で勝利しました。

このときまでにロバートは、サニーデール農場を離れていました。そこは新しいスキルを学ぶためと友情のためには素晴らしいところでしたが、ひどいことがあまりにも多く起こり、ロバートは「けりをつけ」ました。彼は自分が農場を出たいと思っていることを管理者に知らせ、ロバートはアルマ・ガーデンズの木工所に戻され、そこでおもちゃを作るようになりました。それは一九八二年のことでした。ロバートは、大きな変化に加わるのに間に合うようにワンガヌイに戻ったのでした。

第十章　声を見つける

ロバートが世界に足を踏み出した頃、アリソン・キャンベルとその同僚は、ワンガヌイＩＨＣの他の人たちが同じことをするのを助ける、最初の試験的な歩みを始めていました。彼らは知的障害者のための親睦クラブである「ゲートウエー」を設立し、それは障害者が束縛された生活から逃れ、より広い地域社会と関わるのを助けることを目的としていました。間もなく、ワンガヌイではそれまでほとんど見られなかった人たちが外に出て歩き回り始め、いろいろなクラブや組織に加わるようになりました。

いつも簡単だったわけではありません。アルマ・ガーデンズの労働者たちがホステルからの行き帰りに公共の輸送機関を使い始めたときのことを、アリソンは思い出します。

市民がＩＨＣの人たちにバスに乗ってほしくなかったために、トラブルがありました。ＩＨＣで、ひどく取り乱して私のオフィスに来て、「女の人がこんなことを言ったり、男の人が意地悪なことを言ったりしたから、もうバスには乗りたくない」と言う人がいたので、私は「無視するようにしなさい。それは向こうの問題です。料金を払ったのです。あなたにはバスに乗る権利があるのです」と言いました。

そんなこんなで、最終的にはそうしたトラブルもなくなりましたが、地域社会は教育されなければなりませんでしたし、ＩＨＣの人たちの中にもやはり教育の必要な人がいました。私たちは時々、知的障害者たちに社会的なエチケットを教えなければなりませんでした。それは例えば、女の子が可愛いと思ってもその子に抱きついてはいけないといったようなことです。ですが私たちは目的を達し、ある段階では、地域社会の約八十の組織にＩＨＣの人たちが関わっていました。自分たちが地域社会の中に入っていくにつれて、ゲートウエーの人々の視野も広がってきました。

ＩＨＣの人々は世間から隔離された生活を送ってきました。キンバリーや他の場所の人々のようにではないにしても、彼らの経験は限られていました。今彼らは他の人々がどう暮らしているかを目にし始めました。私の家や、自分たちが加わったクラブで友人になった人たちの家を訪ねたりし始め、自分たちの生き方が私たちの生き方と比べて大きく違うことを、理解できるようになりました。

必然的に、彼らはなぜ自分たちの生活がひどく束縛されているのかと疑問を抱き始め、中には、それまでの数年間ロバートが考えてきたように、人権とパワーについて考え始める人もいました。一九八二年に、そうした人たちのグループが、持ち上がってきた問題について考えるために集まりました。そして、自分たちをクライアント委員会と呼びました。ロバートは、アリソンの家で開かれたその最初の会議の議事録をまだ持っていて、自分が何か重要なことの一部だったと感じ、それを保管しています。

アリソンもその重要さを感じ、その後の年月の間に注目すべきことが起こり始めるのを目にしてきました。「私たちはたくさんの仕事を一緒にし、たくさんのことを模索しました。あの若者たちは民主的なプロセスについては知らず、自分たちが実際に物事を選ぶことができることを知りませんでしたが、もちろんそれを知るようになりました。それを学ぶのは彼らにはとても難しいことでした――ですがIHCの職員の一部にとっては、さらにもっと理解しがたいことでした」。

この時点でIHCは、知的障害者とその家族に奉仕するニュージーランドでの傑出した組織でした。それは一九四九年に、自分たちの子どもたちに対する健康や教育の専門家の扱いに不満を持つ親たちのロビー組織、知的障害児親の会（IHCPA）として発足しました。一九七〇年代には、IHCは政府が「知的障害者」のケアために割り当てたお金のかなりの割合を受けていました。IHCは大規模な施設より小規模な地域ベースのサービスのほうが好ましいと考え、国中でホステル、ホーム、そして労働プログラムを運営し、何年かの間、政治家に対してこの趣旨を繰り返し主張してきました。

それにもかかわらず、ロバートと友人たちは自らの経験から、この組織が知的障害者のものの見方を適切に表していないことを知っていました。IHCの中では親たちが発言権をもっていました。組織で働く専門職やその他の職員にも発言権がありましたが、知的障害者にはありませんでした。クライアント委員会は知的障害者の声になっていきました。アリソン・キャンベルは思い起こします。

委員会は、自分たちが変えたいと思うことに素早く注目しましたが、それは、自分がやった仕事に対して賃金を支払ってほしい、何を食べるか、誰と一緒に住むか、どんな服を着るかを選べるようになりたいというようなことでした。ロバートは初期のリーダーの一人でした。彼と一部の友人たちは、もっといいやり方があるのを知っていました。

アリソンは、想像したものを現実に変えるために必要なスキルを委員会のメンバーが身につけるのを助けました。どのようにしたら堂々と意見を言い、影響力をもつことができるかを示しました。ロバートはこうした機会をはっきりと覚えています。

私たちは一緒にたくさんのスキルを学びました。どう問題を解決するか、物事のもっとうまいやり方をどう工夫するかというようなことです。多くの問題に取り組むのではなく、自分たちが集中でき、実際に解決できる、多分二つか三つの問題にどうやって取り組むかを学ぶことです。最初の大きな取り組みはバスに関するものでした。当時、ＩＨＣは何台ものバスを持っていました。それを使って利用者を仕事場や旅行に連れて行っていて、バスの側面にはＩＨＣという大きな文字と、額に星を付けた人の絵が描かれていました。私たちはＩＨＣという文字以上に、その絵が嫌でした。それは私たちを人間以下だと感じさせました。人々はバスに乗っている私たちを見て顔をしかめ、私たちを指さしてはあらゆるたぐいの軽蔑的なことをしました。

1980年代中頃のワンガヌイでのスポーツ大会でのジョシー・クーレイとロバート。ロバートがリレーチームのアンカーを務め、チームは勝利しました。20年後にこの二人が、キンバリー閉鎖の運動のためにチームを組むことになりました

ロバートがこの話をしたとき、昔からの友達で、今はワンガヌイの自分のアパートに住んでいるジョシー・クーレイと一緒でした。にっこり笑う彼女は、アルマ・ガーデンズでは昼食時のゲームで男の子たちに加わっていた並はずれたおてんば娘でしたが、今でもバスに描かれた星を思い出すと恥ずかしさで顔を赤らめます。「私たちは四十人ほどで――全員がバスで出かけました――そして、どこへ行っても、みんなが私たちを見ていて、私たちを指さすといった具合でした。礼儀にかなったことではありませんでした。みんなが私たちを指さして、顔をしかめるのです――特に子どもたちやティーンエイジャーが。みんなはバスから降りる私たちグループ全員を見ていて、私は本当に穴があったら入りたいと思いました」。

それはこうした人たちが長年経験してきた恥

辱でした。ある日、アリソン・キャンベルは午後の外出に、あるグループを海岸に連れて行きました。彼女は思い起こします。

私はバスを運転していて、みんなは話をしたり歌を歌ったりしていて、私は時々バックミラーを覗いて何が起こるか見ていました。一人の男の子が隠れてでもいるかのようにずっと頭を低くしているのに私は気づきました。ドライブの間中そうしていたので、海岸に着いてみんながどやどやと降りたときに、私はその子のところへ行って、どうかしたのかと聞きました。自分に知的障害があることが誰にも分かるから、バスに乗るのは嫌だとその子は言いました。

私は少なからずがく然とし、そこでそのことについて話をしました――私たち全員で。すると、バスに乗るのは恥ずかしいというのがみんなの一致した考えでした。そこで私は、「戻ったら、あなたたちはボスのところへ行って話をしなくては」と言いました。

一、二時間後、グループのメンバーは全員でぞろぞろとボスの部屋へ向かい、しばらく姿を見せませんでした。私はオフィスで座わり、どうなったかと考えながら仕事をしていました。メンバーが戻って来たとき、私には彼らががっかりしているのが分かりました。彼らは「あの車には市民がお金を出していて、市民は車に名前が書かれているのを見るが好きなのだと言われました」と報告しました。

みんなは管理者の対応に明らかに意気消沈していました。報告が終わったとき、私は少し間をおき、それから言いました。「そういうことなの。それで終わりとボスが言ったら、あなたたち

標示の付いた ＩＨＣ のバンで移動しなければならないことに対する抗議。2010 年のドキュメンタリーの撮影のために、ワンガヌイのサマービル障害支援センターの利用者によって再現されました

は受け入れるの？」

彼らがノーと言うのに長い時間はかかりませんでした。

ジョシーはこの頃、車いすなしで動き回ろうと奮闘していますが、次に起こったことを話すときには、興奮して飛び回り、自分と友人たちがやったことの無謀さを思い出して、にこにこしたり、大笑いしたりします。

私たちは抗議することにしました。プラカードを何枚か作り、木工所から持ってきた木切れに釘で打ちつけました。書いてあったのは、「私たちも人間だ！」「私たちにレッテルを貼るな！」というようなことです。それから私たちは道路に出て、通りをあちこち行進しました。車で通り過ぎる人々はびっくりしていました。中には警笛を鳴らして手を振る人もいれば、私たちを指さしたり私たちに何か叫んだりする人もいましたが、私たちはまさにそういうことが起こってほしいと思っていたので歩き続けました。私たちの味方をしている職員もいることは分かっていましたが、他の職員が出て来て、道路に出ないで中に入るように言いました。ですが、私たちは言うことを聞かずに行進を続けました。

最後には、管理者が折れて、デモのリーダーがオフィスに呼ばれました。若者たちが帰って来て、新しいバスがすぐ来ることになっているから、それには標示は書かれないし、今あるバスは当面のあいだ標示にカバーを付けるとボスが言ったと告げたときに、若者たちがどれほど興奮していたか、アリソンは思い起こします。彼らは自分たちがやったことをとても誇りに思っていました。ジョシーは自分たちがやったことの重大さを感じた一人でした。

私たちはずっと職員に頼んできましたが、彼らは聞き入れようとせず、だのに今それが聞き入れられています。その日私たちが家に帰る前に、職員がＩＨＣという標示と星の付いた人の絵を覆うステッカーをバスに付けているのを見ましたが、それは私たちをとてもいい気分にしました。自分たちが価値のある存在だと感じました。人間だと。私たちはバスに乗り続けることができましたし、もう怪物ではありませんでした。

「怪物」。その言葉についてジョシーに尋ねると、自分のことをいつも怪物だと思っていたと彼女は言いました。ジョシーはその言葉がどういう意味なのか説明しようと苦闘していましたが、彼女の一生の断片をつなぎ合わせると、彼女が経験してきたことがおぼろげに見えてきます。ロバート同様、ジョシーの子ども時代も厳しいものでした。彼女は施設に収容されることはありませんでしたが、家族からは決して受け入れられませんでした。繰り返される暴力と虐待に耐え、一五歳でワンガヌイのＩＨＣのホステルに引き渡され、そこではジョシーは最初の年はほとんど話をしませんでした。彼女の不安と自尊心の欠如はとても大きなものでした。

クライアント委員会と関わった時間がそうしたすべてを変えました。ジョシーは自分よりもっと自信をもつ人たち――ロバート、パディ、エラナなど――との関係をつくり上げ、今は、内気だったこの少女が二年間でどのように活動家になったかを打ち明けるときに、大笑いしています。

ジョシーは特殊な例ではありません。クライアント委員会とそこから生まれた運動によって変わった人たちを、ロバートは大勢知っています。ですが、個人の成長にはもっと幅広い結果が伴いました。

私たちはいつも言うなりになってきましたが、「もう言いなりにはならない。私たちはこうしたことをもう我慢しない」と言い始める人たちの集団が突然現れたのです。振り返ってみると、起こっていたことは世界を打ち壊すようなことだったのでしょう。

三十年たって、ロバートは今では世慣れた政治的やり手です。彼はいろいろな出来事を歴史的背景を踏まえて位置づけることができ、クライアント委員会の人々に力を与えるに当たってアリソン・キャンベルがどれほど重要だったかを理解しています。アリソンは決して指導しませんでした。指導はせずに、リーダーが自分の意見を述べる機会を見つけるのを助けました。ロバートはこのことを次のように述べます。

自分たちの生活を支配する力を私たちが手渡されることなどあり得ないことを、アリソンは知っていました。私たちは自分たちの手でつかみ取らなければなりませんでした。人は力を与えることはできません。試みることはできますが、力は常にそれを与えている人のもとに残ります。アリソンは自分たちでそれをどう手にするかを示してくれました。

バスについての闘いの後の数年の間に、ワンガヌイＩＨＣのホステルと仕事場での生活には根本的な変化がありました。労働者は、自分たちも監督者と同じようなティーブレイクを取ることを要求しました。それは数十年にわたってニュージーランド雇用法の一部になっている権利でしたが、知的障害者には適用されずにきました。いまその権利が障害者にも拡大されたのです。

これに勇気づけられて、クライアント委員会は自分たちの仕事に対する支払いを求める運動を始め、すぐにＩＨＣの労働者は毎週、賃金の入った茶色の封筒を受け取るようになりました。金額はしるしばかりのものでしたが、労働者とＩＨＣの間の関係の変化の象徴となりました。封筒を受け取るだけでも多くの人たちにとって特別なことでしたが、自分たちの名前で銀行に預金することについては、一部の人たちにはこれを認めさせるのに説得が必要でした。

同様に、ホステルの中での変化もずっと遅れていました。例えば、クライアント委員会はずっと以前からの夜のシャワーについての不平のことで管理者に苦情を言いました。

誰かが自分で体を洗えると言ったとしても、自分たちはそのためにお金を払われているのだと職員は言い、それでも騒ぎ立てれば面倒なことになりました。私たちにシャワーを浴びさせる女性はほとんどが私より若く、私はそれほど年寄りではありませんでした。私はプライバシーが好きなだけで、後部頭のこぶのために、人に髪を洗われるのが嫌いでした。どうしてそんなところにこぶがあるのかと聞かれたくなかったのです。

クライアント委員会は最終的に対決をやむなくさせられました。ある晩、居住者はシャワーのあるブロックを占拠し、ドアに鍵をかけ、自分たちでシャワーを浴びました。やがて彼らが、にこにこしながら、はつらつとして、姿を見せたとき、待ち構えていた職員は、シャワーに戻って職員にきちんとやらせるようにと言いました。居住者は拒否し、その晩以降ワンガヌイの知的障害者は、そう望めば、自分でシャワーを浴びることを認められました。

ロバートはこれらの勝利が、知的障害者はいつまでも子どもだという考えを打ち破るのに役立ったと見ていました。

私たちは他の人たちと同じように成長します。ティーンエイジャーになれば大人でありたいと思い、他の大人と同じことをしたいと思います。子ども扱いされるために、私たちはいつまでも大人になれないままなのです。それでは私たちの権利が否定されます。一九八〇年代に私がホステルで暮らしていたときには、職員が子どもじみたショーを開いていて、私たちはそれを見に行かなければなりませんでした。誰もそれから逃れられませんでした。ショーを開いている人たちは多分良かれと思っていたのでしょうが、私たちの多くはきまり悪さを感じていました。そのショーは小さな子ども向けのものだったのです。

クリスマスは最悪の時期でした。サンタクロースが私たちのところを訪れ、贈り物を手渡しました。私たちは五歳の子どものように前に進み出て、サンタを本物だと思い、興奮し、この着飾った老人が渡してくれるものに感謝することを期待されました。私が二十代だったあるときに、赤い服を着たこうした男の人の一人が私に凧をくれ、心の中で「これをどうしようか」と考えたのを覚えています。私は結局それを子どもにあげてしまいました。

クライアント委員会は、同情的な職員の援助を受けて、サンタの訪問を終わらせました。しかし、他にも役に立ってくれた訪問者がありました。一九八〇年代に、何人もの海外の障害分野の専門家がワンガヌイに来て、ワークショップとホステルを訪れました。必ずと言っていいほど、ロバートと、権利をより強く主張する利用者のうちの何人かが選ばれて訪問者と会ったので、その慣行にはロバートは当惑させられました。ロバートは「猿回しの猿」を演じなければならないのが大嫌いでしたが、カナダの著名人がやってきたこのケースでは、この女性の態度は彼にとっての嬉しい驚きでした。ホステルでは居住者はワンガヌイの善良な市民によって寄贈されたベッドで眠り、その事実が金属の飾り板にはっきりと記され、それがヘッドボードにねじ止めされていました。毎晩横になるときに、ロバートは、ワンガヌイのどこかの金持ちのカップルの親切のおかげで自分がそうしていることを思い出させられました。それにはムカつきました。こんなふうに自分が慈善の対象だということを毎日思い出させられるのは厳しいことだとロバートは感じましたが、飾り板を取り外させるという、クライアント委員会や、アリソンと何人かの職員からの働きかけにもかかわらず、管理者は後援者の感情を害することには気乗り薄でした。

これを変えるには件のカナダ人女性の訪問が必要でした。この女性がホステルにやってきたとき、ディケンズの小説に出てくるような真鍮の飾り板を見つけ、それは外すべきだと言いました。その翌日、ドライバーとバケツを持った作業員が現れました。思い返してアリソンは笑いますが、当時は、自分とホステルの居住者にはできなかったことを実現するのに、海外からの訪問者が必要だったことに怒りを感じたと告白します。

他にも変化がありました。職員が利用者の衣類をまとめて買うという慣行がなくなり、女性や少女が化粧することの非公式の禁止もなくなりました。

ジョシーは化粧についてのルールのことを思い返します。

私たちは化粧したり、香水やイアリングをつけたりするのを許されませんでした。そういうものはどれもだめでした。私たちは若い子が化粧をし、イアリングをつけて学校へ行くのを見てきましたが、私たちにはそれができませんでした。私たちが着るのはトラックパンツ[12]で格好いいスカートやドレスではありませんでした。私はそういうものを着たいと思いましたが、私たちには許されず、何かの化粧品をホステルに持ち込んでつければ、トラブルになりました。私と友人のウエンディはそれをやりました。私たちは双子のようで、私たちは反抗しました。私たちはすっかり化粧してホステルの廊下をうろうろし、しまいには職員は私たちに化粧を洗い落とせと言い、化粧品を全部取り上げて保管庫に入れ、そのうち自分たちで使いました。くすねるのです。職員はそんなことをやっていて、私たちはそれを知っていました。

職員が化粧をするのは構わないのに、職員が面倒を見る人たちは魅力的であってはならなかったのです。それどころか、ＩＨＣの職員と地域社会全体に、実際には子どもでしかない人たちには、大人の性的関心の表現自体をやめさせなければならないという見方が広がっていました。「私たちにはセックスはタブーでした」とロバートは言います。「それはやってはいけないことでしたが、もちろんみんなはやっていました」。彼は男の子らしい、ちょっと恥ずかしそうな笑いを浮かべます。

アルマ・ガーデンズでは私たちは若い男性と若いレディーでした。私たちは他の人たちと同じように性的存在で、そうした素敵な若いレディーのうちには短いドレスを着た人もいたのを私は覚えています。

そんな若い頃には、私自身は関わりませんでしたが、もちろんそういう行為は続けられていました。若い人たちは林や大きな使われていない小屋の中に姿を消し、私たちは仲間内でそのことを話していたものでした。それは誰もが知っていることでした――私たちが秘密にしていたので、職員は知りませんでしたが。そうした人たちがキスや他のことをしていて捕まることがあり、そのときには大変なことになりました。二階に連れて行かれてたっぷり絞られ、それ以降二人は別々にされるのです。

知的障害者とセックスの間の神話は社会に長いこと浸透してきていて、街中だけでなく公的な報告や政府の立法にも見られました。こうした神話はときに矛盾していました。一方で、障害者は永遠に子どもで、性欲はなく、性についても理解できないという考え方があります。子どもたちが小さいとき、両親はよく、少なくともセックスについては将来も心配の必要がないと言われます。子どもたちはいつも純真なのです。

他方で障害者には、活動が過剰で、コントロールされないリビドーがあるというレッテルがしばしば貼られます。そのような人々は、男女ともに、社会への危険になりかねません。道徳的抑制についての知的能力のない女性は息子や夫に対して危険で、一方、知的障害のある男性は小児性愛者や強姦犯になる可能性があります。そうした人々が身ごもった子どもたちは社会の重荷になり、ほとんど確実に両親の障害を受け継ぎます。

一九八〇年代には、こうした神話が両方とも間違っていることが証明されて随分たっていましたが、それにもかかわらず、利用者の性的関心を抑圧しようという欲望が依然として強かったことを、アリソン・キャンベルは述べることができます。

それは物事をコントロールすることで、間違っていました。私が役員室に呼ばれた事件を覚えています。組織で最も古株の二人の職員がテーブルの一方にいて、ホステルに居住している一人の男性がもう一方にいました。私にはなぜ自分が呼ばれたのか分かりませんでしたが、来てくれてありがとうと言われ、それから男性職員は居住者のほうを向いて「あなたはそれをまたやりましたね」と言いました。

居住者の男性はとても困った様子で、「いいえ、やっていません」と言い、それに対して女性職員が「いや、やっています。私は何でもお見通しなんですよ」と言いました。

アリソンがこの話をしているとき、ロバートは彼女の向かいに座って腹を抱え、話の邪魔をしないよう声を出さずに笑っています。彼女は話を続けます。

私は最初どこかがひどくおかしいと思い、それから「それをやる」というのは何のことか見当をつけましたが、私はとにかく聞いてみました。「この人は何をやっていたのですか?」

女性職員が「お分かりでしょう」と答えました。

私は分からないふりをしました。男性の管理者が、しびれを切らしたという調子で「自分の息子をいじっていたんだよ」と言いました。

私はちょっとの間そこに座り、それから尋ねました、「あなたたちは彼がマスターベーションをしていたと言っているのですか?」

「そうだ」と、管理者が吐き出すように言いました。

「でしたら、それにはマスターベーションという言葉があって、息子ではなくペニスと言いますし、それをこの人がどうしようが、あなた方とも私とも関係ありません」と私は言い、立ち上がって出て行きました。

話がここまでくるとロバートは、笑いと喜びで身動きが取れず、いすから床の上に転げ落ちそうでした。ですがアリソンは、自分を役員室から歩み出させたずっと昔の怒りを未だに感じています。その行動の数時間後に解雇すると脅されましたが、自分は一歩も引かず、懲罰はなかったと、彼女は説明します。その後、アリソンは役員室で尋問されていた男性と一緒に働く機会を持てました。彼女はこの男性に、マスターベーションは自然なことだと教えました。ほとんどの男性がやっているけれど、シーツを汚しておいて、職員にそれを処理してもらおうと思うのは良くないことと、後始末は自分でやる必要があることを教えたのです。この男性がやっていることは悪いことではないけれど、他の人を巻き込んではいけないと伝えたのです。男性はアリソンの言うことを理解して受け入れ、「問題」はなくなりました。

アリソンは性のことが問題になった別の事件のことを思い出します。

私がIHCで働き始めたとき、医者が週一回作業所に来て診療をしていました。数週間後に、女性や少女たちの全員が、診療が行われているオフィスの外の階段で待っているのを私は目にしました。全部で二三人いて、全員が靴を脱ぎ、パンティストッキングをくるぶしの周りまで下ろしていました。私はこの光景に戸惑い、そのうちの二人に何をしているのかと尋ねました。「ええ、チクッとしてもらうのを待っているんです」と二人は答えました。

何のことを言われたのか見当をつけるのにちょっと時間がかかりましたが、定期的に「チクッとして」もらっていると言われたときに、みんなが、生理を抑えて妊娠を防ぐ薬であるデポプロベラの注射を待っているのだと分かりました。私はこのことにかなり懸念を持ち、医師と話すと、彼もまたそう思っていることが分かりました。ここには二三人の女性や少女がいますが、全員とは言わないまでもほとんどが性的に活発ではないのに、生理を止める薬を注射されているのです。それればかりか、私が彼女たちとそのことを話したときに、注射が何のためのものか分かっているのはただ一人だということが分かりました。

アリソンが管理者に話すと、親の一部と職員の多くはこのやり方を支持しているので、これを変えたいと思えば、親の許可を得る必要があると言われました。そこで彼女は、それぞれの家に電話して、許可を求めました。五人ほどの親たちが娘へのこの薬の投与を続けることを選び、残りは投与をやめるよう頼みました。アリソンはこの頃のことを思い返します。

面白い時期でした――急速な変化の時期で、そうした変化は、社会にその準備ができていなかったために、もっと早く起こることは多分できなかったでしょう。私たちは境界線を押し広げ、時には解雇寸前まで行きはしましたが、そうならずに境界を押し広げることを許されたことを、私は名誉に思います。でも、私はそれを自分自身でやったわけではありません。私がやったのはすべて、あの若者たちが、自分たちのやりたいことをやるのを助けただけで、ひとたび若者たちが断固として突き進んだときには、もう止めることはできませんでした。

第十一章　懸命に働き、懸命に遊ぶ

古くからの障壁が倒され、新たな可能性が現れてきたとき、ロバートはその一つひとつに飛びつき、そのために彼の生活はすぐに一杯になりました。一九八三年の中頃には、ロバートは、自分で芝刈りの事業を起こして一週間休みなしで働き、同時に無理やりサッカー、卓球、切手クラブを押し込んでいました。彼は芝刈り機のためのトレーラーをもらい、それに、ラグビーのランファリー・シールド(13)を持っているカンタベリーの赤と黒のペンキを塗りました。次にシールドを持つチームの色に塗り替える計画でしたが、保有チームが変わったのは一九八五年のことでした。ということで、ロバートが自転車のペダルを踏む姿と明るい色を塗られたトレーラーが、二年ほどワンガヌイ周辺でよく見られました。

ロバートは週末にはよく、自分が集めた膨大な音楽のコレクションを提供して、友人のためにディスコを開きました。彼らは踊り、特にお気に入りの曲をリクエストし、ロバートは自分のレコードのライブラリーがとても大きかったために、リクエストされた歌を捜してレコードをかきまわして、時々大きなストレスを感じました。ですが彼はやり方を工夫し、そのうち、結婚式や二一歳の誕生日でターンテーブルを回すことのできる「ドクター・ボブ」についての話が町中に知れ渡りました。

多くのパーティが開かれました――ロバートと仲間は曲がりなりにも二十代になっていました――そして同じ年頃の他の人たち同様、お酒が絡んだ場面でつらい教訓をたくさん学びました。一九八三年の忘れられないケースでは、全国的なテレソンで、大勢の仲間が、自分たちが集めたお金を手渡すためにパーマストンノースまで七〇キロを自転車で行き、朝にお金をテレビ局に渡す手はずになっていました。ですが若者たちは、家から遠く離れ、夜遅くまでパーティで盛り上がりました。

私はビール、ワイン、ウイスキー、それにウオッカとジンも飲んでいました。翌朝、何と、私は気持ちが悪くなりました。でも運が良いことに、友人が私の吐いたものの始末を手伝ってくれました。私たちはテレソンの場所に顔を出さなければならず、私はそれを楽しみにするどころではありませんでした。さらにまずいことには、笛を持った男の子がいて、一日中それを吹いていたのです。

集めたお金を手渡すためになんとか現場へ行くと、番組をやっている人たちが、お金の手渡しをスタジオでライブでやってほしいし、何かパフォーマンスをやってもらわなくてはと言いました。歌を歌おうと誰かが言い、それを聞いて私はなおさら気持ちが悪くなりました。カメラの前で歌うとき、全国放送のテレビの前で吐かずに済むようにと思って、後ろに隠れました。

新しい自由は得られたものの、昔からの問題のいくつかは相変わらず続いていました。ロバートは依然として自分の気分と闘っていて、アリソンは彼を、怒りをコントロールするためのコースに参加させましたが、それは彼にとってはつらいプロセスでした。

アリソンは私に精神科医の診察にも行かせました。私がずっと虐待されてきて、それと折り合いをつけなければならないことが、彼女には分かっていたのでしょう。そういったことを話すのはとてもつらいことでした。私のような人は、赤の他人に自分の生活のことを話すのに慣れていません。私たちは誰も信用していないのです。

しかしロバートは、自分が友人たちを援助し続けようとするなら、自分の問題を何とかする必要があることを理解しました。許さなければならないことが多くあり、怒りを忘れるには何年もかかりました。

クライアント委員会が力を増してくると、委員会は新しい方向を見つけました。委員会は最初はローカルな存在でした。共通の経験をし、自分たちの運命を向上させるという目標をもった人々のグループでした。ですが、ワンガヌイ・クライアント委員会の快挙がやがて地域一帯で知られるようになると、リーダーたちは自分の経験を話すよう頼まれました。運動の組織だということをもっとはっきり示す新しい名前が必要で、そこで一九八七年に、北アメリカの類似の目的をもった運動から取った「ピープルファースト」が採用されました。ジョシーはその名前は完ぺきだと思いました。

私たちはまず人で《ピープルファースト》、障害はその次です。それが名前の由来です。私たちは出掛けていき、国中のあちこちの場所を訪れました。大勢のいろいろな人たちに会うのは素晴らしいことで、私は多くを学びました。自分たちで考えた、図表や物を使ったプレゼンテーションを行い、その後で人々に、私たちがワンガヌイでやったことを話すと、私たちの権利のことを話すと、自分たちに権利があることなど知らなかったので、知的障害者の人たちは興奮しました。誰も言ってはくれなかったのです。障害がずっと重くて分からない人たちもいましたが、私たちはそういう人たちと一対一で話し、分かってもらおうとしました。そしてそういう人たちも興奮しました。

ジョシーは高校へ入って行って生徒に話したことを思い出します。自分が生徒たちと同じで、同じ夢をもち、違いは障害があることだけだということを、若者たちにどう話したかを説明します。ジョシーは生徒たちに、障害はどこにもあって、彼らの多くが人には分からない障害をもっていることを思い出させました。

ピープルファーストはキンバリーも含めた施設へも行きました。ジョシーはその場所を思い出して頭を振り、ため息をつきました。

何もしないで一人で座り込んでいる人を見るのは、とても、とてもつらいことでした。多くの人たちが身体を揺らしていて、ボールやおもちゃを持ってそれと一緒に身体を揺らしている人もいました。見ていて泣きたくなって、ただそこから逃げ出したいと思いました。ですができませんでした。私にはやるべき仕事があって、だから勇気を奮い起して自分の気持ちを隠さなければなりませんでした。外はどんなかをみんなに話すために、私はそこにいたのです。外では何が起きているかを話すためです。そしてみんなが興奮し、職員はそれが気に入りませんでした。

それは本当でした。私はそうした人々が、私のように車道の端まで来て、自分の郵便を取ることができたらいいと思っただけでした。あの人たちが自分の庭に座って、羽を広げて飛び立っていく蝶を見ることができたらと。自分になることができたらと思ったのです。

ジョシーは、キンバリーには蝶を見たことがない人たちがどれほどいたかを話します。彼女は蝶の一生の例えを使い、繭がどんなふうに開いて成虫が飛び立ち、世界が恐ろしい場所ではないことを知るかを話します。「それが」と彼女が言います。「私があの人たちにやってほしかったことなのです」。ロバートは反対に、世界に出ることがどれほど大変かを決して隠そうとしませんでした。彼は経験からそのことを知っていて、それを施設の人たちに伝えました。外に出ることがどれほど困難かを知る権利が彼らにはあって、外に出て苦労する甲斐があることを知る権利があるのです。

ロバートはピープルファーストの最初の議長でしたが、長くは務めませんでした。彼の生活は仕事と遊びが詰まりすぎ、おまけに彼にはまだ一匹狼のところがありました。実際、ロバートは自分の役割をきちんと果たさず、もうその役割にいてほしくないと思われていることを彼に知らせるのがジョシーの仕事になりました。「彼は言われたことをやりませんでした。私たちは二度警告し、それから私たちは言いました、『悪いけどロバート、あなたは終わりよ』と。私たちはきちんとするように言っていたのに彼はそうしなかったので、私は辞めるように言ったのです」。ジョシーは笑い、並んで座っていたロバートも笑いに加わりました。「でも彼は学んだのです」とジョシーは言い、もっと笑います。

学ぶのにはしばらくかかりましたが、仲間から首にされたことで、知的障害者は同じ障害者がした約束を破るのを我慢しないという、大事な教訓を学んだとロバートは言いました。その間にもロバートは、それまでできなかった生活を詰め込んで「人生を生き直していた」と言います。

仕事の面では、ロバートはいろいろな仕事を経験し、それぞれについてスキルを手に入れていましたが、地域社会の中での自分の位置についての現実に対して頻繁に学び直しました。YMCA労働スキルプログラムでは、解体屋、農場労働者、ラタナ・パ(14)の改修のためのマオリのデザインの描き手を経験しました。ワンガヌイ・エンジニアリングの仕事では毎朝五時前に起き、自転車で町の反対側まで行きました。彼は旋盤を使うその仕事が気に入りましたが、そこの居心地が良くないとすぐに判断しました。

つらかったのは、その仕事では誰も知らず、誰も私と知り合いになったり、私に話しかけたりしたくなさそうだったことです。それでしまいには、そこの人たちは私が良い仕事をしていると思ったのですが、私は仕事を辞めたいと言いました。そこでは友達をつくれなかったからです。

彼らはかなりがっかりしましたが、でも物事はそんなもので、私はそこでは自分が間抜けだと感じさせられました。みんなが私のことをどう考えているか、私には分かっていました。それは私が、地域社会に出るときに今でも抱えている問題です。私は人が自分のことをどう思っているかいつも考えていて、そのためにあたりを見回して、人が私をじろじろ見ていないか、私のことを小さな声で話していないかを見ています。そんな時には、自分の能力を疑って、ほんとうに落ち込むこともあります。「お前は決して何にもなれないのだ」という声が聞こえたのを思い出します。

ＩＨＣはロバートに、ホステルの看護助手の仕事をしたらどうかと提案しました。ロバートはそういう依頼があったことにびっくりし、自分がその仕事をできるかどうか不安でしたが、職員に助けられて、すぐに、友人たちがベッドメイクをし、シャワーを浴び、昼食を作り、自分で食事をするのを助けるようになっていました。彼には施設、ホステル、ワークショップでの生活から得た、他の職員にはない深い理解がありました。彼はその仕事を愛し、ホステルではいつも何かが起こっていました。

私は本当に、他の職員が私を助けてくれたことに感謝しましたし、私が助ける相手だった人たちも素晴らしい人たちでした。援助の仕方について居住者からとても多くを学びました。彼らは最大の教師でした。私はそこで約二年働き、それからレンタプラントという事業を営む男性のために働きました。男性は植物を会社に貸し出し、町の周りの芝生を刈っていました。外の新鮮な空気の中でまた働くのは最高でしたし、私はその男性や家族と、とてもいい友達になりました。
彼が亡くなったときは本当に悲しい思いをしました。

最終的にロバートはワンガヌイ・エンタープライズで働くようになりました。それは怪我をして再び仕事ができるようになるためのリハビリが必要な人を含めて、障害者のために仕事を探す組織でした。それはロバートが障害者コミュニティと幅広く接触した最初の機会で、彼はそうした障害者の間に何人も友人をつくりました。そうした人たちとは共通点が多くあることを発見しました。それに良い仕事でもありました。彼はほとんどの時間、植物のつるをはわせるための格子垣を作りました。技量についての証明書を取り、ちょっとした休みがあると、動力鋸で手伝ったり、犬小屋や木枠を作ったりしました。

ロバートはまた、あらゆる機会を捉えてスポーツをやっていました。どんなゲームであれ、彼が最初に始め、いつも本当に熱心に取り組みました。仲間たちのサッカーチームに定期的に加わり、チームは自分たちに立ち向かおうというどんなグループともプレーしました。ほとんどは学校の生徒たちでした。ですが土曜日には、ロバートはハイスクール・オールドボーイズ、ブレーブズ、アラマホ、ザ・ステーションなどのクラブチームに参加してプレーし、今でもそのメンバーで、とても気の合う仲間の一人です。

カイラウ・クリケットクラブでは同じようなわけにはいきませんでした。ロバートは一九八〇年代の初めにクラブに加わりましたが、長続きはしませんでした。彼が二つのキャッチ(15)を失敗して他のプレーヤーの怒りを買ったためだけではなく、それと一緒に偏見に満ちた言葉が発せられたためでした。キャッチの失敗に対する怒りは何人かが自分たちの偏見を外に出す口実で、彼はすぐにそのメッセージを理解してチームを去り、数年後にカレッジ・オールドボーイズというチームに加わりました。そのときには友達に頼まれて加わったのでした。

カレッジ・オールドボーイズではロバートは「ただ腕を回すだけ」のスローボールを投げ、それでもウイケットを奪いました。彼のベストの数字は六／三六（六ランを取られ、三六のウイケットを奪う）でした。バットでは彼は、しぶとい「最終バッツマン」であることを証明しました――でも、オープナーの一人が現れなかったある土曜日は別でした。誰か速球投手に立ち向かう準備ができている者はいないかとキャプテンが聞き、他に誰も手を挙げる者がいなかったので、ロバートが、自分がやると言いました。

ロバートは自分で言ったように「粘る」ことができ、数時間後に四七オーバーの後、まだバットを持って中央にいました。問題は彼が四五ランしかできなかったことでした。時間切れになりそうなことに気づいて、ロバートはハーフボレーでスイングして見事なボウルドでアウトになり、そのために何人かのチームメイトが、一オーバーのアベレージが一以下だったとしても、一体なぜ最後まで中央に留まらなかったのかと疑問を口にしました。ロバートは、オープナーにはなりたくないと言いました。

ロバートが英雄になったケースもありました。チームの一人が二球連続でウイケットを奪い、フィールダー全員がバッツマンにプレッシャーをかけて、当たり損ないを誘うよう言われました。ロバートは、ボールがピッチを転がって、バットが振られる場所から約三メートルの位置につくよう言われました。素晴らしい当たりに怪我をさせられるのではないかと思って足がすくみ、彼が身をかがめ、上体の前で腕を組んだところ、何とボールは組まれた腕の間に収まっていました。審判が指を上げ、チームは笑い崩れました。

一九七〇年代には、ニュージーランドでスペシャルオリンピックスの運動が始まっていて、一九八〇年代には、トラック競技とフィールド競技、卓球、フットボールコード[16]とローンボウルズ[17]などにおけるロバートの能力が、彼にメダルをもたらしました。

1980年代初めにロバートはロータリーのスポーツ大会で盾を獲得しました

ロバートはワンガヌイのサッカーチームのキャプテンをしていて、このチームは地域で圧倒的な強さを誇っていました。チームのほとんどのメンバーは何年も一緒にプレーをしていて、お互いのプレーを知っていましたが、チームが中央スペシャルオリンピックス地域でどんどん勝ち続けると、何人かの役員が、チームが勝ち過ぎることを心配し始めました。ロバートと仲間たちは、他のチームを元気づけるために、手を抜いて負けられないかと頼まれました。ロバートは、それはこれまで聞いた中で最もばかげたことだと考えました。彼がプレーしたことのあるどの地域のチームも、本気を出さずに相手チームを勝たせたりしませんでした。オールブラックスはそんなことはしないのに、どうして「特別《スペシャル》」な人たちのチームはそういうことを期待されるのでしょうか。ロバートはチームにそのことを話し、メンバーも同意しました。彼らは勝って、どこか他のチームが今に自分たちを打ち負かしてほしいと思い、そこでロバートは、チームは勝ち続けるつもりだというメッセージを返しました。

一九八五年、ロバートは選ばれてスペシャルオリンピックで室内のローンボウルズの試合をしました。ペアーズとフォアーズの両方のチームに入り、オーストラリアのフォアーズのチームを三三対〇で打ち破ったことをロバートは誇らしく思い出します。チームは、レビンからのチーム相手に一ゲームを失いはしたものの、トーナメントで金メダルを獲得しました。最終エンドで相手側のボウルが標的球の一番近くにあり、ロバートは、邪魔なボウルをマット外に出すようにという指示を受けて、ボウルを渡されました。彼はマットに上がり、力を込めて投げましたが、狙ったボウルを大きく外しました。それは「ミンティ(18)が必要な情けない瞬間」だったと彼は言います。

ロバートはローンボウルズが大好きでした。特にチームでのプレーが得意で、地域のチームだろうと、知的障害者の仲間のチームだろうと関係ありませんでした。ですがこの両者が混じり合わないことが時々ありました。ロバートが地元のクラブでコーチしていて、新しくメンバーになった何人かの友達をコーチしていたときにも、そんなことがありました。後でメンバーのうちの何人かがやって来て、「あの人たち」はクラブでプレーするようになるのかと聞きました。ロバートはそのことを一日か二日か考え、クラブには留まれないと判断しました。彼は他のクラブに入りました。

レイ・ローズはロバートとたくさんプレーした友人の一人でした。ロバートはこの年上の男性をキンバリー時代から知っていました。ロバートがアルマ・ガーデンズに現れたときにレイがそこにいたのです。ロバートがボールを庭に蹴り込み、庭の世話をしていたレイが、もじゃもじゃ頭の少年に、もう一度やったらケツを蹴るぞと言ったのが二人の再会でした。

「まず俺を捕まえなくちゃ」という答えが返ってきました。ですがレイはロバートの父親代わりになり、ロバートはよく彼に助言を求め、二人がローンボウルズの仲間にもなるのは自然なことのように思われました。レイはよく考える人で、ロバートがチームを組んだうちでベストのナンバースリー(19)になりました。二人は室内でも室外でもプレーし、ナショナルチームが一年間ワンガヌイでプレーしたときに、国際的なプレーヤーであるグレー・ローソンをキャプテンとする四人と引き分けたのは、二人の最もお気に入りの瞬間です。

ですがロバートのスポーツのキャリアの頂点は、彼が全国スペシャルオリンピックスでタラナキ－ワンガヌイ－マナワツ混合のサッカーチームの選手としてプレーした一九九〇年に始まりました。ロバートがキャプテンで、コーチの仕事もほとんどこなしました。

サッカーはチームゲームでしたから、そのために私は、チーム全員が、自分たちがどう戦いたいか言えるようにしました。私たちは自分たちの強みと、弱みをどうカバーするかについて話し合いました。例えばタックルが好きでない者がいたら、誰かにその人を確実にカバーさせるといったようなことです。私たちは選手に自分に適した側のフィールドでプレーさせるようにし、それはかなりうまくいったようで、なぜならば私たちはトーナメントを負けなしで勝ち進み、決勝戦でワイカトのチームと対戦することになったからです。

更衣室でユニフォームに着替えた後で、私は選手たちに金メダルを取るぞと言いました。先取点を取り、それから試合の残り時間、それをしっかり守りさえすればいいと言いました。もし必要ならボールを蹴り出すと。そしてほぼその通りになりました。コーチたちはあまり嬉しくなかったと思いますし、見た目も見事な試合には見えなかったかもしれませんが、私たちは勝つためにやらなければならないことをやったのです。終了のホイッスルが吹かれたとき、結果は一対〇でした。

その試合の後、ロバートは自分とチームメイトの一人がニュージーランドチームに選ばれたことを知りました。彼はアメリカでのスペシャルオリンピックスに行くことになりました。それは何カ月か先で、そのために、自らその大きな冒険の費用を工面する時間がありました。「私は戸口から戸口へと寄付を頼んで回りさえしました。多くの人たちが立派な大義名分を熱心に支援してくれ、誰かが私のためにやってくれるのに頼るのではなく、自分でそれをやるのは本当にすごいことでした。私が委員会に入っていたクリケットクラブが寄付をしてくれたことにも、本当に感謝しています」。

1991 年のセントポールでのスペシャルオリンピックスで、日本チームのメンバーとポーズをとるニュージーランドサッカーチーム

同時にチームも、お互いのプレーを学ぶために、国内のいくつかの場所での週末のキャンプで、トレーニングをしました。そして数カ月後にチームがオークランドに集まったときには、ロバートは自分がキャプテンに選ばれたことを知って誇らしく思いました。

スペシャルオリンピックスはミネソタ州のセントポールではビッグニュースで、ロバートがテレビのインタビューを受けたとき、彼はメダルを獲得することはボーナスで、競争は厳しくて、自分と友人たちは学び、楽しむために来たのだと控えめに話し、視聴者にいっそう愛されました。

国際的な組織者からはしばしば子ども扱いされ、「子どもたち」と呼ばれるなど、イライラさせられることがありました。ロバートと仲間はマネージャーに文句を言いましたが、彼らにも大したことはできませんでした。トーナメント自体は良いことも悪いこともありました。何試合か勝ち、何試合か負け、結局五位で終わりました。チームは日本と引き分け、ドイツをもう少しで破るところまで行きました。〇対〇でロバートがペナルティボックスの外からボレーシュートをし、それがキーパーの頭をかすり、バーの上を越えました。誰かが言うまで、ゴールキーパーは自分が素晴らしいセーブをしたとは少しも思いませんでした。大体においてそれは素晴らしい経験で、ニュージーランドに帰り着いたときには、自分に再び外国へ行くチャンスがあるとはロバートは考えもしませんでした。

第十二章　リンダ

生活の形態としては、当時、ロバートはＩＨＣのホステルと訓練アパートで暮らし、次に独立して下宿し、最終的に一人暮らしをするようになりました。アパートの経験は半独立の形態で、そこではＩＨＣがアパートとすべての設備を提供し、住人が料理や掃除をし、アパートでの生活の毎日の問題を自分なりに処理していました——時にはかなり厄介なこともありました。

アパートには五人が住んでいて、私は他の三人とはかなりうまくやっていました。ですが、残りの一人の男性には、ただただ我慢させられていました。この男性は怠惰で女性が料理や掃除をしてくれるのを期待していて、それは多分自分を女性にとっての天の恵みだと思っていたからでした。それは彼の振る舞いから分かりました。自分のほうが上だと考えていたのです。

私はこの男性にますますうんざりしてきて、ある晩私はかっとなったのだろうと思います。その夜彼が帰宅し、自分はローンボウルズに行かなければならないから、これこれの時間にテーブルにお茶を出してほしいと女性たちに言いました。『ラグビーニュース』か何かを読みながらテーブルに座っていた私は、男性がこう言ったとき我慢がなりませんでした。私は声を張り上げ

1980年代初めの、訓練アパートでのロバート・タイガー・マーティン。カウチの上で彼の横にいるのが彼の猫のターシャ

て、ローンボウルズに間に合うように行きたいなら自分で晩御飯を作ったほうがいいと言いました。「私たちはあなたの召使ではなくて、一緒に暮らしているだけだ。神は自ら助けるものを助けるということだ」と。

男性は言われたことがよく分からずに、私に毒づき、罵り始めたので、私は近づいて行って彼を叩きのめしました。相手は私よりずっと大きかったのですが、けんかのコツを知らなかったのです。そして床から立ち上がるやいなや、しっぽを巻いて家から逃げ出しました。彼は私のことをすぐには言いつけることができませんでした。このことで私はたっぷりと厄介な目に遭いましたが、それだけの価値はありました。

他にもずっと深刻な争いが訓練アパートで起こり、ロバートは最初は主役ではなかったのですが、気がつくと巻き込まれていました。

この時、私が自分の部屋で音楽を聞いていると、突然ドアがノックされ、アパートの住人の一人が、大変なことになっているから来てほしいと私に頼みました。そこで彼女について部屋を出ると、確かにキッチンで二人の住人がにらみ合っていました。一人の女性はナイフを持ち、いまにも相手に対してそれを使いそうでした。そうすればけんかも治まると思って、私は二人の間に割って入り、ナイフを持った女性に、ナイフを下ろすように言いました。残念なことに私のが考えたようにはならず、彼女はナイフを振り上げ、私をにらんで、私にナイフで襲いかかりそうでした。そこで私は彼女を殴りました。ひどく殴ったので私の指が折れました。彼女は倒れてナイフを離し、そこに職員が到着して、騒ぎの一部始終を見ました。

女性を殴るべきでないことは分かっていましたが、このケースはそうしたルールが当てはまらないケースだということを、私は職員に説明しようとしました。ナイフは危険なものです。指を折るというけがをしたのが私のほうだったのが私には幸いしました。さもなければ、私はもっと困った立場に置かれていただろうと、その女性職員は言いました。

一九八〇年代の中頃になって、ロバートはようやくIHCから一人暮らしをする許可を得ました。それは彼が長いこと望んでいたもので、寝室が一部屋のアパートで、彼は幸せでした。好きなときに出入りし、自分で料理や掃除をし、自分が選んだビデオを見て、好きな音楽を聴きました。ロバートはそのアパートに二年間住みました。

この頃（一九八五年頃）にロバートはリンダ・ワンと出会いました。二人はＹＭＣＡの労働ワークスキルのプログラムで一緒でした。多分二人ともラグビーの熱心なファンだったからでしょうが、誰かが二人は馬が合うと言い、リンダがそれを覚えていたので、ロバートが自分とデートしてほしいと頼むメモをリンダに渡しました。彼女は驚きましたが、イエスというメッセージを何とか彼に届け、二人はキャッスルクリフ・クラブのディナーでデートすることにしました。二人は今、自分たちの関係の不吉なスタートを思い出して笑っています。ロバートは約束がよく分からなくなってしまい、遅れて現れましたが、それでも素晴らしい夜になりました。

リンダに話をするのは素晴らしいことでした。私たちはスポーツについて気楽に話ができました――ラグビーだけでなく他にもたくさんのスポーツについて。リンダはコモンウェルスゲームズ[20]とオリンピックの大ファンでした。それから、週末ごとに私は彼女の家を訪ね、家族と会いました。リンダの家族はスポーツ、特にクリケットに夢中で、そのために私たちには話題がたっぷりありました。リンダと私は多くの時間を一緒に過ごすようになりました。リンダは素晴らしい人で、時には彼女を私が当時住んでいた訓練アパートにお茶に招きました。私たちは職場でも会いました。

この二人は一九八六年に婚約しました。リンダの家族の家でパーティがあり、ロバートがこれまでの年月の間につくった多くの友達が久しぶりに顔を見せました。ロバートの両親までもが来て将来の

1989 年の結婚式の夜のリンダとロバート

義理の娘に会い、ロバート自身はフットボールでのけがのために松葉づえをついていましたが、自分の新しい立場を熱心に祝い、翌日にはそのためにひどく気分が悪かったのを覚えています。

一九八九年の結婚までに、二人の間で多くのことが真剣に話し合われました。ロバートはリンダに、彼女がどんな人間と結婚しようとしているのかを正確に知ってほしいと思いました。リンダは、愛情に満ちた、注意深く守ってくれる家族の家で育った、とても内気な少女でした。彼女が婚約した男は、それとはまったく違った人間でした。

私はリンダに自分のことを、成長期の子ども時代に何があったかを、私が耐えなければならなかったあらゆる虐待について話しました。私は彼女に、何年も前の痛みがまだ消えていないとある職員から言われたこと、自分が一生懸命努力してきたけれど、時に怒りを抑えられないことを話しました。私がそんな状態のときは近くにいないほうがいいと。

私はリンダに、自分はいつも一匹狼で、他の人間が近くにいることに慣れていないことを説明しました。特にベッドでは。私はペットを自分のベッドに入れるのには慣れていましたけれど、誰かに触れられるのは駄目でした――そう、それは私が慣れなければいけないことだったのでしょう。ですが、誰かと生活を共にすることにも慣れなければなりませんでした。以前にそんなことをしたことがなかったので、私には大変なことでした。私には結婚生活の訓練ができていませんでした。

私はリンダに、自分が今でも時々ベッドで粗相をすることを、何年も前にそれをコントロールする錠剤をもらったけれど、それを飲むと時にはほとんど排尿ができなくなってしまったことを話しました。

私はこうしたすべてを話すことをとても恥ずかしく感じましたが、リンダは本当によく分かってくれて、事態は落ち着き始め、私はもう怖くはありませんでした。

二十年以上たって、ロバートとリンダはまだ一緒にいます。二人は、鉄道線路に隣接した通りの質素な家に、ペットと暮らしています。芝生はいつもこぎれいで、道端の草地も刈り込まれています。

誰かを愛することを学ぶのにしばらく時間がかかりました。私が面倒をみなければいけなかったのは一人だけで、それは自分だったために、それまでそんなことをする必要がなかったのです。

リンダと私は素晴らしい野菜園を持っていて、そこでいろいろなものを育てています。キャベツ、ニンジン、カボチャ、キュウリ、赤カブなどが植わっています。昔は一年中野菜が食べられるように、私が野菜の一部をビン詰めにしていましたが、普通はそんなに長持ちはしませんでした。リンダは、冬の間中食べられるように、プラムやアプリコットのような果物を育てていましたし、グレープフルーツやレモン、それに私たちの庭のつるになったキウイフルーツを、人にあげたものでした。花壇もいくらかあり、素晴らしく、小ぎれいに見えるように雑草を抜いたので、私たちはその場所を誇りにすることができました。

結婚当初、ロバートとリンダは子どもを産むことについて話をしました。最初に子どものことを持ち出したのはリンダでしたが、最終的には、父親になることはできないとロバートは考えました。自分の決断を利己的だと考える人もいるかもしれないことは彼も認めましたが、自分の子ども時代が傷ついたものだったために、親になることに不安を感じるのだと彼は考えています。

子どもには規律が必要だと思うのです。悪いことと良いことを教えられる必要がありますが、自分が子ども時代に経験してきたように、自分の子どもにきつくなりすぎるだろうと私は思います。それに私はどんなふうにティーンエイジャーの面倒を見たらいいのか分かりません。きっと我慢できなくなってしまいます。失敗してしまうと思うのです。

そのことを今、何年もたってから話していて、ロバートの立場を分かってそれを受け入れたとリンダは言います。それは彼女にとっては決して大した問題ではなかったと言います。

第十三章　ピープルファースト

リンダと結婚した年に、ロバートはデスモンド・コリガンと出会いました。デスモンドは少し前にＩＨＣワンガヌイの新しい管理者に指名されていました。彼は、変化の勢いを拡大し、ＩＨＣの利用者の権利を拡充し、さらには、施設に閉じ込められてＩＨＣのサービスを使えずにいる人たちのために権利を主張することを決意している、ＩＨＣの新世代のリーダーを代表していました。

デスモンドはすぐにロバート・マーティンの可能性を認めました。この若者は何にでも飛び込んで行きそうに見え、ある日デスモンドはロバートに、ピープルファーストに戻ってくる気はないかと聞きました。彼はロバートに、ピープルファーストは変化を推進し続けることができるが、それにはロバートのリーダーシップとスキルが必要なことを説明しました。デスモンドに言われたことを考えた後で、ロバートは二年間やってみようと言いました。彼は自分がやっていたことの一部を縮小しましたが、それは永久にというわけでありませんでした。これまでできずにきて、遅まきながら経験をしたいと思っていたことがあまりにも多すぎたのです。

そしてロバートは、任期を終える旧友のパディからピープルファーストの議長の職を引き継ぎましたが、彼女が問題をよく分かっているので、引き続き関わってくれるよう説得しました。ロバートは次には、組織の中で発言権があまりにも大きすぎると思われるある支援者の影響を制限するために、素早く行動しました。その支援者のせいで健全な議論が妨げられていました。彼はきちんとこの女性と会い、彼女は支援するためにいるのであって、コントロールするためではないことを説明しました。このことを言ったとき、彼女にひどく泣かれ、彼女を少し気の毒に思ったことをロバートは思い出しますが、彼には自分の行動が必要だったことが分かっています。その後のピープルファーストの会議では様子が変わりました。

議長としてロバートは地域の会議へ出向き、やがて、スポークスパーソンになって、地域全体のホステル、職場、施設の人たちを訪れ、知的障害者には権利があり、力を合わせればそういう権利を主張できることを説明しました。ロバートは同僚とともに首都ウェリントンに行き、IHCの理事会で話をし、ピープルファーストのメンバーの間の問題は何かを説明しました。ロバートたちの話は好意的に耳を傾けられました。数カ月後に、ワンガヌイのIHCの支部を管理する委員会にロバートが推挙されたのは多分偶然ではなかったでしょう。

デスモンド・コリガンはこのことが実現するよう、以前から働きかけを始めていました。セカンダリースクール(21)での教師の経験のある彼は、「利用者」が委員会に席を持つという考えに慣れ親しんでいました。高校生が運営委員会に代表を出しているのに、なぜIHCに同じことができないのでしょうか。最初は抵抗がありました。知的障害者は情報の秘密保持に関して信用できないと言う人もいましたが、デスモンドは働きかけを続け、反対者も折れて、ロバートにその仕事が提供されました。

「最初の年にはあまりいろいろなことは言いませんでした」とロバートは思い返します。「間違ったことを言うのが怖かったからだけではありません。物事がどう運んでいくか、十分には知らないことが自分で分かっていましたし、当時はもっているスキルも多くなかったので、私は学びたかったのです。そこで私は観察し、耳を傾け、全体像について学びました」。

しかし、ロバートの貢献は感じ取られました。尋ねられれば、友人たちがいろいろな問題についてどう考えているかについての本質を捉えた意見を提供することができ、彼は新しい計画の実行に当たって大いに役立ちました。例えば、賃金を直接銀行口座に支払うという決定がなされ、ロバートと同僚は、人々と直接会って、これが行われることが必要な理由とその方法について説明することができました。五ニュージーランドドル札の入った茶色の給料袋で引き出しを半ば一杯にしている人もいました。封筒を毎週もらえて、お金を眺めることができるのはいい気分かもしれないが、現金は銀行に入れておいたほうが安全だと、ロバートは彼らに説明しました。

確かに、「取るに足らない人」から「重要人物」へのこうした移行は奇妙なことで、ロバートは時々それが起こっていることを信じようと必死に努力しました。彼は間もなく、職員の任命を助ける選定委員会にいて、気がつくと数年前に彼に文句を言わせるようなことをした何人かの面接さえしてました。ホステルやホーム、サービスが提供されている場所へ行って、その質を観察するチームのメンバーにもなりました。ここではロバートは貴重な存在でした。他の人たちには話ができない障害者と打ち解けて話ができましたし、言葉によるスキルが限られていたり、まったくなかったりする人たちと話をする特別の能力が彼にはありました。肩をすくめたり、眉をひそめたりする動作の読み取り方が分かりました。泣き叫ぶ声やブーブー言う声の意味が分かり、質問の仕方も知っていたのです。

その頃には、リーダーと権利活動家としてのロバートの評判が広まっていました。ドナルド・ビーズリー研究所(22)が、ニュージーランドが何を学ぶことができるかの視察で、西オーストラリアの知的障害者サービスを何カ所か訪れるための研究資金をロバートに提供しました。彼は、より広い地域社会の人々が関わる優れたプログラムをいくつか見ました。一方で、「問題行動」のある子どもたちのための、厳しい、懲罰に重点が置かれたサービスも見ました。そうしたサービスを見てロバートには、自分が子ども時代をその中で過ごしたら、職員の生活は特に困難になっていただろうということが分かりました。

ロバートはいくつかの宗教的なサービスの中にも、こうした懲罰に重点を置く傾向を見ました。数年後にアイルランドで、彼は同じような、人々が善の名の下におとしめられていく、暗い環境を目にしました。

一九九〇年に、ロバートはＩＨＣの特別委員会に入るよう求められました。委員会は、判事が知的障害のある一五歳の少女の子宮摘出による不妊手術を認めた判決を受けたものでした。ヒリヤー判事によるこの決定は激しい議論を巻き起こしました。判事は、この思春期前の子どもは生理に対処できないからこの処置が必要だと主張する家族と医療専門家の側についただけでなく、その時点の法律の下では、家族は法廷に伺いを立てる必要はなかったとまで断言したのです。子どもに知的障害があるために、両親にはそうした決定をする権利があったというのです。

ＪＢ・ムンロはがく然としました。この問題に関する法律の再検討を求める報告が政府に届けられる必要があり、自分が招集する委員会がその報告を提供すべきだと彼は決心しました。ダニーディンのローズマリー・スカリィとワンガヌイのロバート・マーティンが知的障害者を代表して話をするよう頼まれました。女性の不妊手術は、出産が続いて本人の健康が危険な場合にだけ正当化されると二人は主張し、IHCはその見解を政府に提出しました。しかし、その見解は政府によって支持されず、一九九一‐九四年の間に、知的障害のある一六九人のニュージーランド人が不妊手術を受けさせられました。少なくともそのうちの四〇人が一五歳未満でした。

IHCでの仕事の中で、不妊手術によってその後の人生に不利な影響を受けた多くの人たちにアリソン・キャンベルは出会ってきました。

あるカップルが結婚したいと思って私のところへ来ました。二人は支部の中で結婚する最初のカップルでしたから、それは記念すべき出来事——知的障害コミュニティの友人たちによって祝われた出来事でした。二人が私に会いに来たとき、二人は子どもをもつことを話していて、私たちはあらゆる問題を話し合いました。そしてある日、その若い女性の家族が私に会いに来ました。家族は、子どもが生まれることはないことを、ずっと昔の盲腸の切除の手術は、実は彼女が子どもを産む可能性を失くすためのものだったことを、私から娘に話してほしいと頼みました。家族は**私から**娘にこのことを言ってもらいたいと思いましたが、その決定をしたのは家族で、だから娘にそれを説明するのは家族の責任だと、私は言いました。

そうした話を、一九八〇年代と一九九〇年代にニュージーランド中で聞いたとアリソンは言います。

彼女は悲しみを込めて、「こうした人たちの多くは素晴らしい両親になっていたでしょうに。彼らの友人たちの何人かはそうなっています」と思い返しています。

二年間ピープルファースト・ワンガヌイの議長を務めた後で、以前の約束通りに、ロバートは職を辞しました。しかし、そのときには彼は中央地区ピープルファーストの副議長兼スポークスパーソンになっていて、間もなく、現職の急死の後で中央地区の議長になりました。

その役割でのロバートの最初の仕事の一つは、数年前にワンガヌイ・ピープルファーストでやったと同じことでした。委員会の支援者を首にすることでした。ロバートは委員会のメンバーたちと個人的に話をし、支配的なアプローチは喜ばれないことについてメンバーとも同意見だったので、ロバートは問題の人に、彼に良いアイディアがあったとしても、委員会は彼の教壇ではないと言いました。ロバートはこの支援者の助けに感謝し、出て行ってもらいました。

ロバートは、議長として仕切ることはしないと決めていました。彼は、リーダーシップを周りに広げる必要があることを強く感じていて、四人のチームが会議の議題を整理することを提案しました。最も経験のある者がそのスキルを伝える、訓練のための週末も提案しました。それはロバートがデスモンドと話していたアイディアで、デスモンドは他の人たちとともに、訓練を助けるために時間を提供しました。

ロバートと友人たちが力強い、独自の発言ができるようになるというデスモンドのビジョンは、アメリカとイギリスの精神病患者の間で起こったセルフアドボカシー（本人活動）と呼ばれる運動によって新しい形を与えられました。この運動のメンバーは、自分たちの生活をコントロールしている専門職やいわゆる専門家の見解と異なった独自の、そして時には正反対の、自分自身の見解を活発に提示しました。北アメリカやヨーロッパの一部では、セルフアドボカシーのアイディアが知的障害者のいくつものグループによって取り上げられてきていて、このセルフヘルプ（自助）の観念はニュージーランドの知的障害者コミュニティの中で起こり始めた動きに十分合致すると、デスモンドは考えました。彼はロバートと友人たちが、自分たち自身で訓練を行って能力を構築しようとするやり方に好感を持ちました。それはデスモンドに、マオリ女性福祉連盟が自身のリーダーを訓練し、力強く、効果的な発言を、長年にわたって続けてきたやり方を思い出させました。

中央地区ピープルファーストは自身のアイディアを推進し、自身の注目度を高める創造的な方法を見つけました。支部の会議が組織されました——それは権利主張活動と同時に、社交的な要素で注目されました。ディスコやスポーツイベントや歌の集まりがありました。地域社会の中で最も隔離された人たち、障害が重かったり世話をする人が保護的だったりするために、制限された暮らしをしている人たちのためのスペシャルデーも組織されました。

「スペシャルデーに来た障害者が本当に気に入ってくれましたし、私たちのバックには地域社会がついていました」とロバートは思い出します。「消防隊と、トラックや単車やトレーラーを持っている人たちが障害者をドライブに連れ出しました。私たちは障害者にできるゲームもやり、彼らは助けてもらいながら本当に夢中になりました。レビンでスペシャルデーをやったときにはキンバリーの人たちを招き、大勢が来て楽しみました」。

第十四章　手を差し伸べる

一九九三年に、ピープルファーストは、カナダのトロントで開かれる国際会議を招集しました。ニュージーランド地域は四人の代表を選び、ロバートはそのうちの一人でした。しかし、北アメリカへ向かう前に、彼は、ＪＢ・ムンロのところに自分のための仕事がもう一つあることを聞きました。ある国際組織がセルフアドボカシーについて議論するグループをつくっていて、この組織がＪＢに、ニュージーランドの知的障害者のコミュニティに、これに加わる可能性のあるリーダーはいないかと聞いてきたのです。ムンロはすぐにロバート・マーティンのことを考えました。

ロバートはぜひ参加したいと思いました。ＪＢは支援者として誰と一緒に旅をしたいかとロバートに聞き、ロバートはデスモンドを提案しました。デスモンドは付き添いとして役に立ってくれるだけでなく知恵も貸してくれることが、彼には分かっていました。ロバートは中央地区ピープルファーストの支援者になってくれるようデスモンドを説得し、それは本当にうまくいきました。デスモンドは会議では議長のテーブルから離れた所に座り、頼まれたときだけ助言しました。

デスモンドはロバートと共に旅をすることに同意し、これが、長年にわたって続くことになる、パートナーを組んでの海外旅行の始まりになりました。一九九三年の最初の旅行で、二人は一緒に働き、生活するパターンを確立しました。重い荷物と格闘して、旅行は身軽でないといけないことがすぐに分かったと、ロバートは微笑みながら話します。ニュージーランドで旅行するときは空いた時間にリラックスできるよう、いつもウォークマンと山のようなテープを持って行きましたが、今度は持ち物をもっと選ばなくてはなりませんでした。これらのテープのバッグをどれほど苦労して持ち歩いたか、そして、きちんとしたデスモンドと突然同室になったときに、自分がどんなにだらしなかったかを思い出して、ロバートは笑います。最初のうちデスモンドは新しい連れが旅行で求められることに対処するのを助けました。ロバートの服を洗い、休みなく続く旅のストレスを減らす生活のシステムを伝授しました。もう何年もずっと、あわただしい、詰め込み過ぎの生活をしていたロバートは、ゆとりをもつことを学びました。自分たちが地下駅で迷ったと思って、動揺した瞬間のことをロバートは思い出します。デスモンドは落ち着いてロバートのほうを向き、「ロバート、せかさないでくれ」と言いました。その時点でロバートは、デスモンドが自分の面倒を見てくれていることを信頼する必要があることを知りました。ロバートは、デスモンドが静かに朝食を食べ、新聞を読むのを好む朝には特に、デスモンドにくつろいだ時間を与えることも学びました。そしてこれらすべてを通して、デスモンドが決してロバートを変えようとしなかったことを未だに感謝しています。「それが私という人間でしたから」とロバートは言い、デスモンドはそれを受け入れたのです。

デスモンドがロバートについて受け入れなければならなかったことの一つが、彼が列に並ばないことでした。そのことは特に空港で明らかで、ロバートは列の先頭に立ちたがるか、他の全員が搭乗してしまうまでうろうろしていて、それから自分が搭乗しようとするかのどちらかでした。

多分それは、子どもの頃にずっと列をつくっていたせいでしょう。施設では、ベッドに入れられるのを、服を着せられるのを、シャワーを浴びさせられるのを、イライラしながら待つことで、生活の半ばが費やされます。生活は一つの長い行列でしたし、それには本当にうんざりさせられました。後で私が農場に行ったとき、ミルクを搾られるために並んでいる牝牛や、薬を飲まされたり、尾を切られたりするために並んでいる羊に、私たちはなんて似ていたのだろうと考えたものです。私の考え方では、人間は動物のように列に並ぶべきではないのです。

その旅行で最初に立ち寄ったのはオランダで、そこで私は生涯にわたる深い影響を与えることになる何人かの人たちと出会いました。そうした人たちは世界のあらゆる場所から来ていて、仲間のリーダーでした。彼らは私が尊敬するようになる人たちでした。一人はスウェーデンの年かさの男性で、オーケ・ヨハンソン[23]といい、彼とは仲の良い友達になりました。オーケは三十年以上も施設に入れられていて、施設が人々に何をするかを情熱的に、雄弁に語りました。自分が施設にいたときにはＩＱを計ることができなかったこと、他の人が代わりに考えてくれるので、自分は考える必要がなかったことを説明しました。オーケは言いました。

> こんな生活をしていると人は受動的になり、受動的になると必然的に自分の周りで何が起こっているのかも知らず、それを気にすることもなくなるのです。一日を来るままに受け止め、なぜ

すべてがそうなっているのかを考えることもありません。

周りの誰もが同じように行動します。全員がある種の無気力状態で歩き回ります。すべてが代わりに決められています。最終的にこうした環境が安全だということになります。新しいものや違ったものは不安を感じさせます。結果的に、誰も何の問題も起こさず、誰も叫び出さず、出て行きたいとも思いません。出て行く意思が破壊されてしまうのです。なくなるのです。そうした壁の中では、実生活の入る余地はありません。これが施設では実生活が見られない理由です。そこにいる人は生きているのではなく、存在しているだけなのです。


オーケの話が通訳されると、この年上の人が、いつも分かっていながらも自分にはそれを口にする言葉がなかったことに息を吹き込んでいると、ロバートは感じました。

そのセッションの議長をしていたのはバーブ・グッドで、カナダのピープルファーストとセルフアドボカシーの先駆者でした。彼女は、カナダの障害者の権利を問い直し、障害者が自身の医療ケアをコントロールできるようにした画期的な事件――E（夫人）対イブ事件(24)（一九八六年）――の法廷闘争など、多くの運動で有名でした。この女性を素晴らしい人だとロバートは思い、二人は長年の良い友人になりました。

グループにはセルフアドボカシーについての本を作成するという仕事があり、成長した土地は遠く離れていても、同じような経験と強い願望を共有していることを、メンバーはすぐに発見しました。彼らは物語を交換し、それから、セルフアドボカシーが何を意味するか、その価値観と信念、それによって世界中の人々の生活をどう改善できるかについて共通の理解を得るために、徹底的に議論しました。

夜には、ロバートとデスモンドは座って、その日学んだことを話し、学校の教師だったことのあるデスモンドが、ロバートが尋ねる専門用語や概念を説明しました。その後、二人は数日間の休みをとってロンドンへ旅しました。デスモンドは具合が悪くなり、それで彼が回復する間、ロバートは一日かけてローズ・クリケット・グラウンドへ行き、イングランドがジ・アッシズ[25]でオーストラリアに負ける最終日を観戦しました。デスモンドがロバートに地図を渡し、彼は何の問題もなくグラウンドへの道を見つけました。そして幸運なことには、イングランドの敗北があまりも確実だったために、ゲートで入場料を払う必要もありませんでした。中に入ると、ロバートはビールを買い、座って、有名な競技場の雰囲気に浸りました。選手が行儀のいい拍手の中を出てくる観覧席があり、見上げると、昔の風向計であるオールド・ファーザー・タイムが見えました。ロバートは、オテカイエケ渓谷のキャンベル・パークのグラウンドからはるばるここまで来たのです。それは輝かしいことでした。

ロンドン動物園で数時間過ごした後、二人は空路トロントのピープルファーストの国際会議に向かい、そこでロバートはニュージーランドの国旗を持って入場するという仕事を与えられました。彼はこの故国にたびたび怒りを感じていましたが、この日は誇りを感じました。

ロバートは会議ではくつろいだ気持ちになりました。あちらこちらの国からの代表がいましたが、まるで同じ文化に属しているようで、彼らが共有する物語はよく知られていると同時にショッキングなものでした。ですが最終的には、そうした物語はインスピレーションを生み出す力になりました。

「施設と、仲間をそこから出す必要について、多くが語られました。もう誰もそのような場所で暮らすべきではないことに全員が同意しました。私たちは地域社会の中で暮らす必要があります」

議論は、施設に閉じ込められている友人のことを若いフランス系カナダ人の男性が話した時点で、特に感情的なものになりました。知的障害のない人さえ閉じ込められているこの施設から、友人たちを解放するのを助けるよう聴衆に訴えたとき、男性は涙を流し、叫びました。ヒステリックになり、彼は演壇から助け下ろされなければなりませんでした。数カ月後にデスモンドは、カナダで起こった資金調達についてのスキャンダルがどのようなものだったかを読みました。教会と福祉グループが、ホームレス、孤児やその他の厄介な人たちに、政府からの割増金を請求できるように「精神遅滞」というラベルを貼っていたことが発覚したのです。精神遅滞に分類することで、彼らはこうした人たちのほとんどの法的権利も否定したのです。ロバートは説明します。

この法的地位の問題は会議の二番目に大きなテーマでした。多くの国で、私たちには生活の中で重要なことを自分で決定する権利がほとんどありません。誰か他の人がそういう決定をし、法律がそうさせているのです。

私たちは、支援者がその法的地位を使って恋愛関係にある男女を別れさせるという、カナダの恐ろしい話を聞きました。結婚までもがそういう人たちによって壊されました。人々が経験を伝えるときに、部屋の中の誰もが涙ぐまずにはいられないこともよくありました。

もう一つの問題は仕事でした。私たちが施しに依存しないような、まともな賃金が支払われる仕事の必要性です。私たちのような人々は、どの国から来たにしろ、最貧の人たちでした。

ロバートは、経験によって変えられて、ニュージーランドに帰りました。彼は注目すべき人たちに会い、素晴らしいアイディアを聞き、自分の人生がなぜこれまでのように展開してきたのかについての理解をずっと深めました。自分自身の人生だけでなく、友人たちの人生についての理解も。カナダで、そして特にオランダで将来のビジョンについて聞き、自分のぼんやりした夢の中の希望がそれであることを知り、その同じビジョンのために闘うことが自分の今やりたいことだと知って帰国したのです。カナダからの長い帰りのフライトで、ロバートとデスモンドはほとんどノンストップで、ニュージーランドの施設がどのように閉鎖されるべきかについて話し、強力なピープルファーストの運動がこの鍵になることで意見が一致しました。ロバートにはこれを達成するために自分が役に立てることが分かっていましたが、自分の役割を果たすためには、もっと多くを学び、新しいスキルを磨く必要があることを十分認識していました。

そしてその機会がにわかにやってきました。ロバートとデスモンドがＩＨＣ本部のための報告を書き終えると、ロバートは自分の経験についてＪＢと話すためにウェリントンへ出掛けました。彼は自分が経験した驚くべき時間のことと、出会った人々のこと、そして、セルフアドボカシーの力がどのように物事を変えることができるかを話し、すると突然、カードが収まるべき場所に収まったのです。

ロバートが国際的に活躍するようになるのを助けたIHCのCEO、JB・ムンロと一緒のロバート

ムンロが彼に、仕事が、IHCのために働く本当の仕事がほしくないかと聞き、ロバートはイエスと答えました。

一九八〇年代の終わりに、IHCは人々が施設から出て地域の家庭へ入る運動の後押しを始めましたが、その方針は大きな反対に遭いました――障害者が近隣にやって来ることを恐れる地域社会からの、施設の中で働く人々からの、そして非常に多かったのが、実際に施設に住む人たちの親や家族からの反対でした。

一九九三年にロバートがカナダとオランダの訪問から帰ったときには、施設のドアの鍵を開けるための運動で、ロバートが役に立つ協力者になれることが、JB・ムンロにはっきり分かっていました。ロバートはその道を進み続け、メッセージを広めることもできました。同時に、ピープルファーストとセルフアドボカシーの構築を助けることもできました。

ロバートがその仕事を受け入れたとき、彼を支援するためにデスモンドを指名したのは当然のことでした。

そこで、約二年間にわたって、ロバートとデスモンドは、ニュージーランドのすべてのＩＨＣの支部を訪れて、国の端から端まで旅しました。一般的なやり方では、ある町に来ると作業所や居住施設で、集まったＩＨＣのサービスを受けている人たちと会いました。

デスモンドが会合をスタートさせ、それから私に、私の人生について話すよう頼み、それは時には苦しいことで、時には怒りを感じさせられましたが、知的障害者が彼らの一人として私を見ることができたので、長期的には良いことでした。私は聞き手の人たちと同じような生活を経験してきていたのです。それから、セルフアドボカシーと、それがどんなものかについて話しました。友人たちにはとても新奇な考え方だったので、その言葉を言うことさえできない人たちもいました。

夜にはいつも公開の集まりがあり、ロバートが施設にいたときの物語と、そうした場所の閉鎖の必要を繰り返し話しました。デスモンドは、最初はそういう集まりが本当に難しいこともあったことを思い起こします。

私が最初にロバートに会ったとき、彼にはかなりのリーダーシップの天分があることと、確かに良いアイディアをもっていることがすぐ分かりました。しかし、ロバートにはそういったことを話すための語彙が不足していました。ひどく怒ることもあり、それが彼のメッセージを不愉快に感じる親やその他の人たちに向かって話すときに、かなりマイナスに働くことがよくありました。そこで、二人で旅をしている間、私たちはそのことを徹底的に話しました。私たちはだんだんと、家族を刺激しすぎずに非常に強いメッセージを提示する方法をつくり上げました。

言葉の要素は対処に時間がかかります。車の中でも、さらに夜のモーテルでも、私たちはいろいろな言葉の発音を練習しました。文章の練習をしました。アイディアについて話し合いました。そしてその結果ロバートができるようになったのは、彼が本当に長い年月感じてきながら、実際には決して表現できなかった、多くのことを表現することでした。

それは、少なくとも一日に二回、聴衆と向かい合い、それから結果のフィードバックを聞き、路上や夜のモーテルで学ぶという本当に大変な仕事でした。ロバートはJB・ムンロがなってほしいと思ったメッセージの伝達者に成長しました。食堂で、またワークショップの間に、デスモンドは自分より若いロバートが、どのように人々を鼓舞するのか観察しました。ロバートは説明が難しいレベルで人々とつながり、会合の後には、ロバートが彼らに伝えた人生の物語に感激して、自分もロバート・マーティンのようになりたいと言いながら、知的障害者たちがデスモンドに近づいてきました。デスモンドはいつも、誰もロバートのようにはなれず、できるのは自分自身であることだけだと答えました。「でも、それはあなたたちがロバートのようにやり遂げることができないということではありません」。彼は人々を元気づけました。「自分なりのやり方でやらなくてはならないというだけのことです」。思い返して、デスモンドは言います。

ロバートの独特さは知的障害と共に生きるとはどういうことかを説明する能力にありました。ロバートが作業所や訓練センターの人々に話をすると、聴衆が、自分たちの経験が大きな声で話されるのをまるで初めて聞いているといった様子でした。

ですが、そうした人々とつながるのと同じようなやり方で、ロバートは他の人たちにも手を差し伸べました。夜には一般の地域社会の人たちの前で話をし、部屋中が涙を流しました。聴衆が声をあげて泣いたのはロバートのためではありませんでした。知的障害者に対して行われてきたことをきちんと理解できたために泣いたのです。人々は数世代にわたる社会政策が、数世代にわたるニュージーランド人にとって意味してきたことを理解し始めたのです。

そうは言っても、ＩＨＣのデスモンドの同僚の中にさえ、疑い深い人がいました。

最初のうちは、私が話すように言ったことだけをロバートが話していると思っていた人が大勢いて、自分がそのことにとても腹を立てていたのを思い出せます。私自身のためにではなく、ロバートのために。でも何年もたつうち、人々がロバート自身に話しかけたり、ロバートに何かを聞いて彼が答えたりするときに、私がその場に居さえしなかったことがあり、「デスモンド、私たちはいつもあなたが彼を操っていると考えていたけれど、そうではないことが分かって、本当にすまないと思っている」と言われたりしました。ロバートに知的障害があるために、きっと彼は自分ではものを考えられないだろうという考えがいつもありましたが、それは悲しいことです。ロバートはいつも自由の身なのです。人に支配されてはいません。誰も彼を、彼ではない者にできたためしはないのです。彼が話すことは彼が信じていることで、知的障害者は自分ではものを考えられないという発想は間違っています。

国内を回る旅の途中で、キャンペーンを支援するためにバーブ・グッドがニュージーランドへ来ました。タウランガとタラデールの両方で、このトロントから来たロバートの英雄が彼のそばに立ち、カナダでセルフアドボカシーを確立するのにどのように手を貸したかをはじめとする、彼女自身の物語を伝えました。バーブが国連での演説のことを話したときに、彼女がどんなに素晴らしい闘士かを聴衆は知りました。支援者が代わりに話をするという、彼女には我慢できない動きがあったために、彼女はそこでさえ闘わなければなりませんでした。バーブは自分でスピーチを行い、会議場中が総立ちで喝采しました。それは知的障害をもつ人が国連で演説した最初の機会でした(26)。

バーブとロバートが共にした時間は、ウェリントンのＩＨＣニュージーランド委員会で問題提起したときに頂点に達しました。二人が選んだ話題は「レッテル貼り」という問題でしたが、これはバーブが大いに主張していた問題でした。彼女は「レッテルはジャムの瓶に貼るものです」と好んで言い、レッテルは人を無力にし、いじめの一つだと主張しました。鋭いウイットで知られた彼女は、レッテルを使った人に時々、レッテルを使う人は「ありきたりの人」だという自分自身のレッテルを使って応じました。相手は一様に辛辣なことを言われたと受け止めました。

プレゼンテーションで、バーブとロバートは二人が話しかけている組織の名称に未だに使われている「ハンディキャップ」という言葉について語りました。ロバートは、自分にはハンディキャップはないし、子ども時代でさえ決してなかった、と説明しました。ハンディキャップは競馬に使われるもので、人生は競争ではないと。デスモンドは、プレゼンテーションがどんなに力強かったかを思い起こします。

ロバートとバーブ・グッドはとても印象的で、状況が変わる必要があることをＩＨＣのメンバーが理解し始めるプロセスが、彼らによって始められたと私は思います。二人はレッテル貼りについてのメッセージを提示しましたが、知的障害者がもっと大きな声を上げる必要があり、障害者たちの言葉が聴かれる必要があり、障害者がＩＨＣの一部になる必要があることも理解していました。

一九九三年のピープルファースト第一回全国会議でこうした考え方がさらに鼓舞されました。ロバートはロトルアでの集会で議長を務め、代表団から前例を見ないほどの不満が吐露されるのを取り仕切りました。国中で知的障害者は、自分たちの生活が自分たち以外の人たちによってコントロールされていることに不満を感じていました。介護者や支援者がすべての決定を行うことに――そして多くの場合、**そうした人々自身**の利益のために行うのにうんざりしていました。知的障害者は友人や家族が自分たちを訪問できるようにしたいと思っていましたし、他のニュージーランド人のように、誰と一緒に暮らすか、誰と恋愛をするかを選びたいと思っていました。本当の仕事と本当の賃金がほしいと思っていました。

ロバートが思い起こすように、会議の二日目は二つの対照的な問題によって占められました。最初の問題は、自分たちの意思を伝えるのが困難な人たちの発言をロバートが求めたときに持ち上がりました。前に進み出た人たちは、障害が重かったので、言葉を口にし、文章を組み立てるのに苦労しましたが、支援者や議長に助けられて、自分たちを前に進み出させたことを、何とか伝えることができました。それはゆっくりとした、骨の折れるプロセスで、時には聴衆が自分たちでおしゃべりを始め、他の友人の見解が自分たちのものに劣らず大事で、コミュニケーションが関係する場面では、聴くことは話すことと同じく重要であることを、ロバートが聴衆に思い出させなければなりませんでした。

第二の問題は、もっと熱を帯びたものになりました。独立性を確保するために、ピープルファーストがＩＨＣから距離を置くべきだという声高な要求がありました。何人かがＩＨＣの本部や地域事務所からの支援に感謝する発言をしましたが、代表たちは、これは独立した声をつくり上げる助けにならないと主張し、草の根で、職員がいかにしばしばピープルファーストへのアクセスを妨害し、人々が集会に出るのをやめさせようとしてきたかを話しました。

議長として、ロバートはこうした見解にも一定の共感は覚えましたが、彼がＩＨＣに雇われていたために、自分が個人攻撃を受けていると感じました。ロバートは気まずい立場にあり、これらの言葉の中には個人的な痛みを感じさせるものもありました。彼は議長をしている間は沈黙を守りましたが、セッションとセッションの間に、代表のうちの何人かに話し、自分が議長を降りて、週末に執行部が集まって委員会の議長の再選挙をするのが一番いいのではないかと言いました。

しかし、最終的な決着としては、ロバートがもう一度前面に立てという大きな圧力の高まりがあって、彼は再選されました。しかし、少人数のグループがピープルファーストを離れて自分たちの独立の組織を立ち上げ、その組織の中では支援者が過剰な影響を及ぼしていると思われることが、ロバートを悲しませました。

第十五章　施設の暗黒面

一九九〇年代は実りの多い時期でした。ＩＨＣは知的障害者を全国委員会に迎え入れる段階を踏んでいて、従業員という地位にあるために自分には資格がありませんでしたが、友人のデビッド・コーナーとデニス・ベネットが任命されたことをロバートは喜びました。二人は強力なセルフアドボケートでした。

ピープルファーストとセルフアドボカシーは勢いを強め、脱施設化の勢いも強まりました。施設を出て地域社会へというニュージーランド人の運動は一九七〇年代に試験的に始められ、それは政策形成者が国際的な傾向、ＩＨＣのロビー活動などに応えたものでした。しかし一般社会からはほとんど支援がなく、自ら施設で働く人々からの反対もありました。当然のことながら、ロバートがワンガヌイで住んでいたホステルのような新しい地域施設の多くには、人々が前にいた施設の特徴が多く見られました。一九八〇年代の終わりには、人々を地域のハウスへ移す動きが本格的に勢いを得てきました。こうしたハウスは通常は比較的大きなファミリーホームで、そこでは四人またはそれ以上の人たちが、職員の継続的な支援を受けながら暮らすことができました。

ジェフ・ビューケネクスは、施設の人々を通常の地域社会に定住させるプロセスにずっと関わってきました。キンバリーを離れて数年後に、ジェフは地区保健委員会がこうした移行を助けるソーシャルワーカーを探していたときに、改名されたキンバリー・センターに戻っていました。それは彼がスキルと情熱をもつ役割でした。キンバリーは人々にとって良い場所ではないと、ジェフは次第に考えるようになりました。キンバリーでのジェフの新たな役割の一部は、地域社会で暮らす能力があると職員が判断した人々の家族に連絡し、その人たちの子どもがまだ生きていて、もうすぐ世の中に出ていくことを知らせることでした。ジェフは手紙を書くか、電話をし、それから家族のもとを訪れました。それは家族の過去を無理やり現在に引っ張り出す、困難な仕事だったと彼は言いました。

私たちが現れると、早くいなくなってくれさえすれば大喜びする人たちもいました。そうした人たちはそのことを露骨に示しました。ずっと昔に起こったことを思い出したくはなかったのです。ですが中には、ずっと昔に接触を断った家族の一員のことを真剣に気にかける人もいて、施設にいた家族がどんな具合か、別れて以来一体どんなことがあったのかなどを尋ねました。彼らは別れていた子どもたちの将来の計画がどのようなものか知りたがりました。そして他にも、泣き崩れる人もいて、そうした長い年月が涙の中に流れ出してきました。

あるとき、私はオークランドに行ってある家族に電話し、会いたいと言いました。私は母親にまず、自分はキンバリーから来た者で、あなたの息子のジョンのことで話がしたいと言いました。わたしが翌日そこを訪ねると、ドアのベルに応えて出てきた女性は死期が迫っている人のようでした。顔色は真っ青で、ひどく苦しんででもいるかのように体を折り曲げていたので、私は、まずいところへ来てしまって申し訳ない、具合がいいときにまた来ましょうと言いました。しかし女性は首を振り、是非中に入ってほしいと言いました。私たちが腰を下ろすと彼女は激しく泣き出しました。二十年間の罪悪感があふれ出たのです。小さな男の子をあんな遠い場所へ引き渡したことで毎日感じていた罪悪感が。そして私はそこへ座り、彼女の話に何時間も耳を傾けました。

アリソン・キャンベルも家族と会いました。家族が過去に直面して苦闘するのを見たのでした。

中には自分の子どもや兄弟・姉妹と、子どもを引き渡した日以来全く接触していなかった家族もいます。そうするのが正しいことだと思ってきたのです。きっぱりと縁を切ったほうが自分たちにも子どもにも気持ちが楽だと。多くの場合、一番良く分かっていると自称する人の助言を受けてそうしました。中には接触を保とうとした人もいましたが、多くの場合子どもは家族が住み、働いている場所から遠く離れていました。思い出してください、施設はわざと遠く離れた場所に建てられていて、金銭的に苦労していた人たちには、訪問はとても難しいことでした。車を持たない人も多くいました。そのうえ、施設の職員から全く喜ばれないこともありました。

施設を訪れることにまつわるすべてがあまりに大変すぎた人たちと私は会いました。彼らはあきらめました。ですが傷つきもしました。そして子どもたちも傷つきました。そして何年もたってすべてが変わったときには、時には二十年、三十年または四十年後に、子どもたちが地域社会に戻ってきたとき、それは途方もなく大きなショックでした。

子どもが生涯にわたって施設でケアを受けた後でようやく施設から出た、年取った一組のカップルを憶えています。カップルはみんなと同じように専門家の助言を受け入れました。二人は小さな男の子を施設に入れ、言われたように自分たちの生活を続けました。カップルには他の子どもたちができましたが、子どもたちには兄がいることは決して話しませんでした。そこで私はこのカップルを訪ね、彼らの息子が地域社会に戻ろうとしていることを告げ、大人になった子どもの写真を持って行き、二人に見せました。私は二人を何度か訪ね、そのたびに、二人はダイニングルームのテーブルに座り、写真を見ては泣き、それから写真を私に押し返しました。二人は子どもたちや友人に、この別の子どものことをどう言っていいか分からなかったのです。彼らはそのことを恥じ、二人とも、自分たちの息子に再会することなく亡くなってしまいました。そのような人たちが大勢いて、それは関係する人全員にとっての悲劇でした。

関係を再構築できたのが次の世代だったというケースも多くありました。私のところへ来た六十代初めの女性がいました。女性の両親のうち後に残った母親が最近亡くなり、そのすぐ後に一人の叔母がこの女性に、彼女には知的障害をもって生まれ、赤ん坊のときに施設に送られた兄がいると言いました。この男の子はその存在自体が家族の秘密にされていました。女性は、私に兄を捜す手伝をしてもらえないかと頼み、私は結局お兄さんを捜し出しました。二人は出会い、数カ月後にお兄さんは施設を出て地域社会へ入りました。兄と妹はとてもいい友人になりました。お兄さんは本当に性格の良い人で、素敵な男性で、誰でも兄と呼ぶのを誇らしく感じる人で、彼女はそうしました。彼女はお兄さんが大好きで、彼も妹が大好きでした。ですが、二人が六十年以上もきょうだいである機会を失ってきたために、二人の関係にはいつもそこはかとない悲しみがあり、お兄さんが世間に出てきてわずか数年しか生きられなかったのは、特に悲しいことでした。

ジェフ・ビューケネクスは、自分が再び一緒にしたいく組もの家族のことを、大いに満足しながら思い出します。彼はキンバリーから出てきた多数の人々のこと、そして自分で新しい生活を築くことができた人たちのことを語ります。

三十代の若い男性がいて、この男性はキンバリーに入るような人ではなかったのですが、彼が地域での生活を試してみることを許可するよう、両親を説得するのに何年もかかりました。合意されたのは、もしうまくいかなければ、彼はキンバリーに戻るということでした。

そこで、私はこの男性をいくつもの部屋が一列に並んだIHCの建物に入れ、彼がそこへ入ってから一、二週間後に、彼がどうしているかを見るために訪問しました。私が車道を下りてきたとき、部屋の窓に彼の姿を見たと思ったのですが、ドアをノックしてもいる様子はなく、鍵がかかっているようでした。二度目に私が姿を見せたときも同じことが起こり、私には何かが起こっているのが分かりましたが、それが何だかは分かりませんでした。

そして、そこから車で離れて行ったときににわかに、どういうことか分かってきました。一週間後に、私は建物に近づきましたが、今度は部屋から見えない通りに駐車し、歩いて行ってノックすると、果たしてこの男性がドアを開けました。私はドアを閉められないように足を踏み出しました。しばらくの間難しい状況はありましたが、私を中に入れるよう何とか彼を説得することができました。二人で話し合ってみると、私がキンバリーに連れ戻しに来るのが怖くて隠れていたことが分かりました。

人々はよく、キンバリーや他の施設の全部が悪いわけではないと言います。そうした場所の信用を落とすために、一方的で公正を欠いたキャンペーンが長年行われてきたと言います。アリソン・キャンベルも、優れた人たちが施設で働き、そこを楽しく住める場所にしようと努力していることには同意します。ロバートは、ジェフ・ビューケネクスのように、欠陥のあるモデルの内側で目覚ましい成果を上げた職員もいたと考えています。ですが意図は良いとしても、一九八〇年代、一九九〇年代に、そしてもっと遅くに施設から出てきた人さえ、高い割合で、そこでの経験がひどく困難なものだったことを示す行動を身につけていることに誰もが同意します。

小さいけれどほとんど誰にでもある特徴的な傾向は、ものの食べ方です。施設から出た人たちは片手にフォークかスプーンを持ち、もう一方の腕でお皿かお椀を囲って、とても素早く食べるのです。それは盗もうとする人から食べ物を守るという長い経験を示していて、アリソンによれば、変えることが難しい行動です。他にも特徴があったと言います。

かなり多くの人々が身体を揺らします。何年間も退屈で、惨めに過ごしてきて、そのために身体を揺らすのです。他人の物を取る人もいます。彼らの所有物は多くはなく、取ることが物を手に入れる方法だということを学んできました。アルマ・ガーデンズやホステルでは物がなくなるので、物の扱いに注意していなければならなかったことを覚えています。

自傷する人もいました。自分自身を傷つけるのです。今ではもうやりませんが、施設から出たときにはこれをやり、何年もやり続けていました。自分の目に恐ろしいことをしていた人や、他にも皮膚をかきむしって、とうとうその場所の皮膚がなくなってしまった人がいたことを覚えています。血が出るまで頭を何かに叩きつける人も大勢いました。彼らが地域社会に持っていった行動の一部がこうしたもので、それを変えるのには時間がかかりました。

脱施設化によってすべての人々の、地域社会に持っていった行動や感情の問題が治癒されると考えるのは間違いでしょう。デスモンド・コリガンは、すべての問題が長年無視されてきたと考えています。

地域社会にいることはそうした人たちにとってずっと良いことでしたが、私たちはもっと暗い事柄に対応できませんでした、というのは、虐待の影響のことです。施設では性的な虐待や身体的虐待があり、ロバートを含め多くの人がそれを経験しました。ですが、もっと深くて、数量化することがもっと難しいものもあり、それは施設に入れられていた人たちだけに影響するものではありません。それは基本的な尊厳と人権に対する不当な扱いです。そうした扱いを受けた人々は人間の尊厳を奪われ、時にはそれが善意の他人による場合もありました。ですが結果はいつも同じでした。喪失感です。彼らは人間性の一部を感じられませんでした――そして多くの人が今でも感じずにいます。そして、逃げ出すこともできないと思わせるような人里離れた場所に閉じ込められたのです。そのことは多くの人たちがやはり経験した身体的・性的虐待と同じように、人の活力を失わせることがあります。

デスモンドは、彼とロバートが次に海外に行ったときに、施設での生活の影響が継続している状況を目の当たりにしました。一九九四年に、二人はニュージーランドの旅を中断し、セルフアドボカシーについての検討を続けるためにロンドンに行きました。ある日の午後、いろいろな国の人たちのグループが施設について話していたとき、何人かが自分の経験を思い出して気持ちがひどく混乱し、そのために会議を早めに終えなければなりませんでした。バーブ・グッドが病気だったために、ロバートが議長をしていましたが、デスモンドが支援者として会議にいてくれたことをロバートはありがたく思いました。

ニュージーランドで会議の議長を務めるのと、異なった言葉を話す人々がいるというのは全く別のことです。私たちは互いに多くを学び合い、グループの仕事である本について大きな進展がありました。そこにはオランダにいなかった新しい人がいて、その人はイギリス人の女性で、ジャッキー・ダウナーといい、知的障害をもつ女性であることがどのようなことなのか、そして、彼女と友人たちが毎日直面している問題について、新しい考えをたくさん持ち込んでくれました。

『セルフアドボカシーの信念、価値、原則』というその本は、その年にインドで完成し、刊行されました[27]。それは障害者の権利の分野での重要な著作になり、執筆者グループは、国際的に有名な賞である人道サービス・グンナー・ディバット賞[28]を獲得しました。

執筆グループのインドでの会議は、インクルージョン・インターナショナル（国際育成会連盟）の会議に合わせて行われました。インクルージョン・インターナショナルは、四十年以上も人権を推進してきた、いろいろな組織の連合体で、執筆グループをまとめたのはこの組織でした。会議の出席者のほとんどは非政府組織を代表する専門家でしたが、ロバートもワークショップに参加し、パネルディスカッションに加わり、技術と障害についてのレポートを発表しました。それはロバートがその後、重点的に取り組むことになる分野でした。

インドでの最終日は、インド大統領官邸で大統領と会い、最後の最後に動物園を訪れ、ロバートとデスモンドが貴重な動物のオリからオリへと走りまわり、それから空港へ向かうという特別な日でした。ロバートは、人々が動物よりも自分のほうをじろじろ見ていたと言って笑います。ラグビースタイルの半ズボンは、インドで着る人はいなかったでしょうが、それは天気が良いときのロバートの好みのスタイルでした。彼は自分らしい服装に強いこだわりがあり、重要な会合や会議にはきちんとした格好をすることを学んではいましたが、そういうものから逃げ出せるときには、Tシャツに半ズボン、ゾウリといったカジュアルな格好か、スポーティな服が普段の好みでした。長年にわたるこうした習慣から、こんなコメントが出てきます。

特に女性はよく、服をちゃんとしたり、髪をきちんと洗ったりするとか、母親のように私の面倒を見たがりました。時々、女性に面倒を見てもらった後で、なよなよした男になったように感じました。半ズボンでなく長ズボンをはかなくてはと言われたことさえありますが、それには本当にイライラさせられました。そういう女性は自分が役に立っていると言いますが、実のところは、女性たちがやろうとしているのはみな、母親のように私の面倒を見ようとすることで、でも彼女たちは私の母親ではありません。それに私は私の好きなものを着ます。何を着るかは私の勝手で、人は自分のことに気を配ればいいということを学ぶ必要があります。いらぬおせっかいは争いのもとだということです。

第十六章　世界を旅する

ロバートはワンガヌイにいるのと同じぐらい家を留守にする時間が多くなり、リンダは夫がいないことを寂しく思いはしましたが、そのことに苦もなく対応しました。ロバートはスポーツやピープルファーストの会議などがあって、ずっと家庭的な人だったわけでもありませんでした。彼には何人かの定期的に訪問する昔からの友達もいました。鳴り響くロバートの音楽や、居間でかかっている動物や歴史のビデオがない家はいつもより少し静かでしたが、リンダはいつも自分の生活で忙しくしていました。仕事をしていないときには、よく家族と、特にスクラブル(29)への情熱を共有する母親と時間を過ごしました。

ロバートは、国中や外国からリンダに電話して、可能な限り連絡を絶やさず、いつも、多くの場合異国情緒豊かな場所から、家に土産を持ち帰りました。時には記念日や誕生日に一緒でないこともあり、ロバートはこういった日を覚えておこうとしました。いつもうまくできたわけではありませんでしたが、自分が先見の明を誇りながら、ロンドンから家へ電話して誕生日おめでとうと言い、誕生日プレゼントを隠しておいた場所を告げたときのことを彼は覚えています。リンダは、とうの昔に開けてしまったと静かに告げました。

旅行で特に忙しかったのは一九九六年でした。ロンドンとインドの訪問に続いてフランスを訪れ、それからポーランドへ行って、そこでデスモンドとロバートは、知的障害者の権利を認識する必要について政府を説得しようとしている現地の人々を助けました。わずかばかりの空き時間に、ロバートは歴史的な場所を何カ所か訪れました。インクルージョン・インターナショナルの会長で、ユダヤ人とポーランド人の血を引くカナダ人である、ダイアン・リッチラーが同行しました。二人は一緒に、ロバートがワンガヌイの図書館から「借りた」本でずっと昔に読んだことのある場所、ワルシャワのゲットーを訪れました。ユダヤ人がトレブリンカ絶滅収容所に汽車で送られる前に集められた駅に立ったとき、ロバートは強く心を揺さぶられました。

一、二年後に、ドイツを初めて訪れたときに、彼は同じような経験をしました。「そこへ行って私自身と同じような人たちに会ったとき、五十歳以上の人がいないのにすぐに気づきました。一人もいないのです。年配の知的障害者はとにかくいませんでした。ガス室へ送られたのはユダヤ人とジプシーだけではなかったのです。それはナチが劣等分子と呼んだすべての人たちだったのです」。

実際には、ナチ体制によって「生きるに値しない」と判断された人たちが最初に、組織的に絶滅させられたのです。体制の初期から、障害児は登録され、両親は強制的に不妊手術を受けさせられました。そして一九三九年に、T4計画[30]プログラムによって最初の殺害施設が設置されました。障害者は施設や愛する人たちのもとから連れ出され、戦争中の数百万の人々と同じように処理されました。T4計画の最初の年に、「生きるに値しない生命」と判断された約十万人が殺されました。ナチ体制の崩壊までに、障害をもった一世代の人々がいなくなっていました。

デンマークへの旅行で、セルフアドボケートのグループと一緒のロバート

ロバートとデスモンドはフランスではセルフアドボカシーをめぐる議論に加わり、次にはチリでインクルージョン・インターナショナルの会議があり、そこでロバートはこの組織の理事に選ばれました。彼は一年以上非公式に理事会に参加していましたし、そこで本質を捉えた素晴らしい意見を提供していましたから、それは形を整えるだけとも言えました。南アメリカでは、彼とデスモンドはこの地域のセルフアドボカシーグループの会議を何とか組織することに成功し、その会議は、コミュニケーションの問題があったにもかかわらずうまくいったとロバートは言います。

時間と通訳が必要でしたが、言葉の壁が打ち破られたとき、人々は心を打ち明けるようになり、そうなったときには、私たちが似たような経験と同じ問題を共有していることが分かりました。それが一番大事なことでした。

彼自身と同じような人々との友情は、ロバートが何年も旅をしているときに懐かしく思っていたものでした。デスモンドは多分得ることのできる最高の支援者でしたし、インクルージョン・インターナショナルの理事会の人々もいつも喜んで助けてくれましたが、初めの時期には、いろいろなことを話し合えるように理事会に知的障害者がもう一人いたらいいのにと、しばしば感じさせられました。ロバートはどこへ行っても知的障害者を代表して声を上げましたが、それでも彼はニュージーランドのワンガヌイの一人の男性でしかありませんでした。

私には決して知的障害の世界すべてを代表することはできませんでした。第一に、私は女性ではありませんし、ですから、私は女性の問題について話すことはできません。第二に、私はこの国の先住民ではありません。ええ、ここで生まれはしましたが、この国の先住民ではなく、私は先住民の問題について話すことはできませんし、第三に、私は途上国の人ではありません。ですから、その日暮らしをするとはどういうことか分かりません。それは私たち欧米人には切実な問題ではないのです。

一九九〇年代後半、インクルージョン・インターナショナルの理事に初めてなったときでさえ、ロバートは自分が一人の人間の能力を超えた仕事を引き受けていることを知っていました。このことを知り、見て取る力は、彼のまれに見る地に足の着いた考え方から来るものです。それは自身の限界と能力についての深い理解——ほとんどの人には到達できない類の自己認識です。

デスモンドは、ロバートが他の人の能力を理解できるのは、ロバートが自分の能力を分かっているためだと考えています。

ロバートが世界のどこへ行っても示す、セルフアドボケートとの関わり方からそのことが分かります。彼のリーダーシップは、決して「私はここだ、みんなには私についてきてもらおう」と言うようなものではありません。そのリーダーシップの鍵は、人々と一緒に働き、彼らを褒め、支援し、その才能と貢献を認識し、人々が自分の発言権を持てるようにするところにあります。ロバートが自分の能力を過小評価して、多分そうすべきでないときに、他の人たちの余地をつくるために脇に寄っていたと思うことが時々あります。そういうことが国連であったように思います。

このリーダーシップは一九九七年のヨーロッパ訪問で本当に輝きを見せました。この旅行の中心は、オランダのハーグでのインクルージョン・インターナショナルの世界会議の準備でした。ですが、デスモンドとロバートは、まずスウェーデンに回り道して、旧友のオーケ・ヨハンソンを訪れました。オーケとの再会は素晴らしいもので、短い時間でも一緒になれたことが計画作りの会議のためのロバートの準備に役立ち、そこで彼は、今度の世界会議でセルフアドボカシーの役割を一層大きなものにすることについて力強く語りました。その結果が、完全にセルフアドボケートによって運営される、「私たちの将来、私たちの道」という名の世界会議の準備イベントでした。セルフアドボケー

1997 年のスウェーデン訪問でのロバート。右が良き友オーケ・ヨハンソン

トが世界中から集まり、「私たちの将来、私たちの道」からの声によって世界会議本体の基本姿勢が決まるように、準備イベントでの議論とプレゼンテーションには、総会が取るべき姿勢が意図的に打ち出されていました。その成功の大きな部分はロバートとデスモンドによるものでした。二人はセルフアドボケートがプレゼンテーションをつくり上げるのに協力し、イベント全体の手配に責任をもちました。

デスモンドと私は国内で物事を計画したことはありますが、それを国外でやるのは別のことでした。私たちは物事がうまく進んだことを本当に喜びましたが、それ以上に良かったと思ったのはセルフアドボケートの話し方でした。知的障害者が、機会を与えられれば何ができるかを本当に示してくれました。

世界会議の後で私たちは、さらに打ち合わせと会議のためにイングランドとスコットランドへ向かい、その後帰国しました。非常に骨の折れる旅でしたが、そうしたものにはだんだんと慣れていき、それが数年続きました。

国内でも私はやはり多忙でした。セルフアドボカシーに関していろいろなことが起こっていて、国中で人びとの間に入って行き、彼らにとって重要なことを話し、問題を組織にもち帰るために、IHCは知的障害者を四人雇用していました。私は全国的なコーディネーターで、デスモンドが私たち全員を監督しましたが、デスモンドには組織することと支援することについて優れたスキルがありましたから、それは良いことでした。全国的なコーディネーターとして、私はCEOのJB・ムンロと、そして後には彼の後任のジャン・ダウランドと会うようになりました。

ロバートは二人に、自分が仕事の中で試みたことと、うまくいったことを話すことができ、頭の中で駆け巡っている問題を前に進めることもできました。ジャン・ダウランドは、ロバートがオフィスに座り、IHCは言葉をもたない人たちの声を見つけるために十分努力していないと、いつもうるさく言っていたのを思い出します。この人たちはIHCの利用者の中でも最も弱い人たちで、最大の注意を払うに値する人たちだと。

アドボカシーチームでロバートと一緒に働いたスー・ゲイトは、ロバートがこの問題に深く責任を感じていて、何をする必要があるかを他の人たちにどのように示したかを思い出します。

私たちがこうしたプレゼンテーションを行うといつも、彼は私たちに思い出させました。「それはみんな、話すことができて、議論することができる人たちのためのものです。関わることのできない人たちや、話すことのできない人たちについてはどうなのでしょう。私たちはそういう人たちのために何をしようとしているのでしょうか」。

ロバートは私に、自分たちのニーズをはっきり言うことのできない人たちと意思を通わせる方法を教えてくれました。彼には障害がひどくて声が出せない人々に代わってその声を伝える能力もありました。それが――自分では話せない人のために話すことが――ロバートの天職だと思います。何らかの方法で、そういう人たちはロバートを通して話をします。ロバートには実際に分かるのです。彼は人々のニーズを分かっているのです。

この並はずれたスキルは、ロバートが活動していた、ロトルアのリーダー訓練プログラムで目の当たりにされました。そこには新たなリーダーと認められた十数人がいて、支援者とともに、ロバートが訓練を行っていました。グループの人たちにはいろいろな才能と障害がありましたが、全体として、彼らと友人たちにとって重要な問題を共有していました。メンバーは物事を良いほうへ変えていく戦略を議論し、自分たち自身を表現するにあたっての自信とスキルを向上させるために努力していました。グループの中の一人の男性は車いすを使っていて、脳性まひ（CP）のために身体がねじれていました。自分が意思を伝えることができるという自信をもてたとき、この男性は頭と腕の思うようにならないけいれん的な一連の動きと、部屋の中の多くの人たちには聴き取ることのできない、押し殺したような音でそれを伝えようとしました。ですがロバートは、男性が考えていることを心から知りたいと思い、優しく彼から聞き出しました。ロバートは向かい合って立ち、熱心に男性を見たり、そうかと思うと横にしゃがんで深く考え込み、そして間もなく一つの言葉を選び出し、その言葉を男性に返し、手掛かりを待ちます。こうしたやり取りの中で、引き返してチェックすることが必要なこともありますが、次第に句や文章が姿を現し、それをロバートがみんなの議論の対象に加えました。

仕事と並行して、ロバートは近辺にいるときにはワンガヌイの地域社会との関わりを保ち続けました。アリソンやレイを含む友人と忘れずに情報交換し、友人たちはロバートの旅のよもやま話を聞き、アルマ・ガーデンズの昔からの人々の新しい情報を彼に伝えました。海外からの帰国だったならば、ロバートは時に免税店で買ったウイスキーのボトルを、精神病院のサバイバーで、詩人でラジオ局の交換手のスチーブンに届けました。そして、一緒に少し飲み、新しい音楽の発見と奇妙な詩を楽しみました。

そしてロバートは他にも訪問を始めるようになりました。両親に会うための訪問です。親子の間には長い年月、接触と言えるようなものはほとんどなく、そのために、ヘイゼルとジムが息子について知っていることはすべて、ロバートがやっていることについて他の人々から伝え聞いたものでした。しかし最終的に、ロバートは壊れた結びつきを修復する必要を感じました。彼には家族は一つしかなく、過去に起こったことに将来を左右される必要はありませんでした。ロバート自身の人生がそのことを証明しました。その頃両親はヘザーとともにハウエラに住んでいましたが、ロバートは定期的にそこを訪れるようになりました。ある日母親はこれまでの言動を詫び、彼女もジムも二人とも、ロバートが達成したことを誇らしく思っていることを告げました。

私たちは昔のことは水に流すことにし、両親は私が一人で本当によくやってきたし、こんなふうに成功するとは思いもしなかったと言いました。ヘザーは私に、私がこれまで自分よりずっとよくやってきたと言いましたが、私はそうではないと言いました。私が成し遂げたことはどれも私一人でやったわけではありません。すべて長年にわたって私が受けてきた支援のおかげです。私の周りには、リンダをはじめ、良い人たちが大勢いたのです。

ロバートは今でも時々ディスコの集まりを開き、いろいろなスポーツクラブとの関係を保っています。委員会の一員として働き、チャリティのためのラッフルのチケットを売り、試合のある日は競技場の区画をするために早く姿を見せます。

私はクリケット、卓球、サッカーの、中高齢者のためのマスターズゲームで試合をして、何度もメダルを獲得しました。チームの一員であることが、試合の後でビールを飲みながら話をすることや、かつての偉大なスポーツ選手と会うことが好きでした。ですがそれは楽しみだけのためではありませんでした。私にとっては、これらすべてをやることが重要でした。私は地域社会の人の目に触れたいし、障害があることが、私が人生でやりたいと思ったことを達成する妨げにはならなかったことを分かってほしいのです。私の場合、少し長い時間はかかりました。みんなに助けられて、私は夢を実現できました。

生活を全うするには地域社会の人たちの支援が常に欠かせませんでしたから、ロバートはワンガヌイでの「市民アドボカシー」の設立を助けました。

孤独な人が大勢いました。知的障害者はかなり孤立していて、地域社会には友人も大勢はいませんでした。接触できる人が、彼らを支援するためにお金を支払われた人だけという場合もありました。「市民アドボカシー」とは障害者のために友情を見つけることでした。障害者に何日かおきに電話して、お茶かコーヒーなどに連れ出し、スポーツイベントやショーへ車で連れていく人を見つけるのです。

1998年にオランダを訪問したインクルージョン・インターナショナル理事会のメンバー。ロバートの左がダイアン・リッチラー、ロバートの肩の所に見えるのがデスモンド・コリガン

その間も外国への旅行のペースは早まっていき、ほとんどはインクルージョン・インターナショナ

ルに関係したものでしたが、時には他の会議もありました。一九九八年には、デスモンド、ロバート、デビッド・コーナー、ハミッシュ・タヴァナーが、アラスカのアンカレッジで行われるピープルファーストの会議に、ニュージーランドの代表として参加しました。

　ロバートがスペシャルオリンピックスのチームと最初にアメリカを訪れたとき、入国管理官に「責任ある成人」の付き添いがある場合のみ入国可能というスタンプをパスポートに押されて、ロバートは悔しい思いをしました。その結果、この国に入国しようとするたびに何らかのドラマがあるようでした。今回もロバートの手続きが遅れる結果になりました。特に、他のどの国も彼に制限を課さず、自分だけが知的障害者だったわけではなかったために、すべての出来事が腹立たしく感じられました。しかし、パスポートにスタンプを押されていたのはロバートだけでした——理解が十分でなかった時代に押された印が、税関に到着するたびに立ち往生させられる運命に彼を追い込んだのです。しかし最後には、ロバートは手を振りながら通り抜け、友人と一緒になることができ、誰もが大いにほっとしました。

　それは世界中から人々が集まる大きな会議で、スピーカーは全員、私たち自身のようなセルフアドボケートでした。多くの問題が身近なものでした。もちろん脱施設化が重要な議題で、一部の国ではセルフアドボケートがもう議論しているだけではないという状況を私たちは聞きました。彼らは実際に施設に入り込んで、外の生活について利用者たちと話をしました。これは職員にはありがたがられず、セルフアドボケートがひどい言葉をかけられ、一部の職員からつばまで吐かれたという話がありました。

ワークショップはさておき、イベントはすべてが素晴らしい懇親の時間でした。私は多くの旧友と出会い、パーティもいくつもありました。セルフアドボケートたちは楽しみ方を知っていました。私はハミッシュとデビッドとの一緒の時を本当に楽しみました。日中の会議ではあまり出会いませんでしたが、デビッドと私はほとんど毎晩会っていました。よく一緒にビールを飲みました。

ハミッシュはそれまで海外に行ったことがなく、買物が大好きで、大好きどころか、アラスカを家まで持っていきそうな勢いでした。帰国途中の空港では、たくさんの袋を抱えて、彼は私たちのずっと後ろをノロノロ歩いていました。まるで家を背負ったカタツムリでした。デスモンドが時々助けてやっていたのですが、デスモンドが心臓発作を起こしかけているように見えたので、デビッドと私は本当に心配したときがありました——彼はマラソンを走ったように息を切らしていました。

時々ビールを飲むのが大好きなこと以外にも、ロバートとデビッドは、スポーツの雑学への情熱を共有していました。数年後にＩＨＣが、その趣味をイベントや資金集めに大いに利用しました。ニュージーランド北島の緑の葉の茂ったケンブリッジで、ＩＨＣを助けるために一匹の子牛からの収入を寄付する、子牛キャンペーンに貢献した農家の人たちに、食事を振る舞い、楽しんでもらうための催しをＩＨＣと重要なスポンサーが開いたのがその一例です。

ロバートはその晩の催しに参加していて、夕食のすぐ後、長いテーブルに座った数百人の人たちに話をしました。聴衆はいつも相手にしている人たちとはまったく違っていて、特に、会場の大勢の人々は実際にはスポーツクイズに参加するスポーツの有名人を見に来ていたので、彼が少し緊張していてもおかしくありませんでした。にもかかわらず、演壇に上がったロバートはリラックスした様子で、おじいさん風のメガネをかけて障害についての冗談を言いました。そして、一寸間をおいてから、隣のテーブルの偉大なオールブラックスの選手、コリン・ミーズのほうを向き、重々しい調子で言いました。「さて、私はいつも、パインツリー・ミーズ[31]のようなオールブラックスの選手になりたいと思っていました」。それから苦笑いしながら観客に言いました。「でもちょっと背が足りなくて」。

聴衆はロバートと共に笑い、それから彼は、「私はロバート・マーティンで、知的障害があります」と言って、いつものように話を始めました。まるで自分が聴衆と同じだと言っているようでした。オールブラックスの選手ではないと。

動物好きでボールを持ち、施設で育った男の子についての、ロバートの分かりやすい話に聴衆は耳を傾けました。彼らは笑い、感情を交えずに語られた話に誰もが感動し、そしてロバートは、すべての人々が「公平な扱い」を受ける価値があると考えてＩＨＣを助けていただいたと思うと言って、聴衆に感謝しました。驚くほど巧みな数分間でした。

その後ロバートは、キャロリン・エヴァース＝スウィンデル[32]、農業関連企業であるＰＧＧ・ライトソン社の当時のＣＥＯのクレーグ・ノーゲイトとのチームに加わり、一方ではジョージナ・エヴァース＝スウィンデルとコリン・ミーズがデビッド・コーナーと組みました。

クイズはとても愉快でしたが、有名人が夜を楽しもうとしているのに対して、デビッドとロバートはゲームに勝ち、その間にもビールを飲もうとしているのがはっきりしてきました。デビッドが自分のチームに出された最初の質問に途中で割って入って答え、ニュージーランドのナショナルチームの三人のキャプテンの名前をフルネームで挙げ、クイズの司会者の抗議にもかかわらず、それぞれのクラブと地方の名前を付け加えました。牛乳瓶の底のような眼鏡をかけ、おかしな話し方をする男が他の誰よりもよく知っているのに驚いて、聴衆はデビッドを、そして次には自分を笑い、それからロバートが次の質問に、つい最近のラグビーとラグビーリーグ(33)の代表戦のスコアを思い出して正しく答えました。そこから旧友の間の熾烈な戦いが続き、二人がほとんどの質問に答え、聴衆を大いに喜ばせました。その夜は、特にロバートとデビッドがケンブリッジの有名人になったために、素晴らしい夜でした。

ニュージーランド国内でのロバートの注目度は、障害分野以外では特に高くはありませんでした。二〇〇二年には短い期間ＩＨＣの年間アピールの顔としてテレビのスクリーンを飾りましたが、彼の国内での知名度は次第に小さくなっていきました。ロバートが一五年にわたって仕事で海外に出ていたために、彼の名が知られるようになったのは国際的な舞台でした。そこでは一時、彼はまず間違いなく、世界中で最もよく知られた知的障害者で、常にスピーカーや権利活動家として求められていました。そのリーダーとしての資質が高く評価され、一九九八年にはインクルージョン・インターナショナルの第三副会長に選出されました。それは彼の個人的な運命から見ても、またセルフアドボケート全般の立場から見ても、たぐいまれな地位の高まりでした。

ほんの数年前のほとんど無名だった状態から、その意見が重要視される人物となったこの変化は、引き続き顕著になっていきました。そういうわけで二〇〇〇年には、ロバートは科学と道徳の問題を議論するために、国際的に有名な学者と並んで、メルボルン近郊のディーキン大学の演壇に姿を現しました。学者の一人は健康政策と平等の教授で、世界的に有名な人権運動家のマーシャ・リオーでした。もう一人は遺伝医学の専門家のロバート・ウイリアムソン教授でした。検討される話題はヒトゲノム計画と知的障害者にとってのその意味合いでした。

ウイリアムソン教授はゲノムのマッピングにつながった驚嘆すべき科学と、それによってもたらされる、癌や風疹といった一般的な病気の治療法の開発という医学的メリットの可能性について述べました。ロバートは教授の話に耳を傾け、その専門知識に感心しましたが、その演説の調子に次第に不快感を覚えました。

教授のアプローチが冷たく、科学的に感じられ、新しい科学の発展によって、障害のある赤ん坊を中絶できるように、すぐに私たちが、誕生前にあらゆる障害について検査するようになると彼が言っているように感じられたのです。障害者がこの世にもたらす価値を認識していないように、私には感じられました。

マーシャ・リオーと私は、現在の遺伝子研究における危険を強調する視点を提示しました。生活における多様性が重要で、私たちが自然をもてあそべば、大惨事をもたらしかねないと私たちは言いました。遺伝子組み換え小麦がインドのあちこちでどのように飢餓をもたらしたか、一九七〇年代の初めにベトナムで使われた枯葉剤のオレンジ剤がどのように未だに新生児を汚染しているかについて話しました。そして私たちは、完全な子どもたちをつくろうとする科学者やその他の人たちの危険について話しました。

私はそのことを心配しています。私はこの社会がどこへ向かっているのかを心配しています。私たちは誰もが完全な家に住み、完全な車を運転し、完全な子どもを持ちたいと思います。ですが、それは非現実的で、それは私たちが、人を含めて、完全でないすべてのものの価値をおとしめるということです。

私たちは前に、この道をたどったことがあって、そこでは完全な人から成る社会をつくろうとしました。そしてその道がどこへ続くかを私たちは知っています。神のように振る舞う権利は誰にもありません。

第二次世界大戦の後、ドイツ人はまた赤ん坊を産み始め、また知的障害をもった赤ん坊が生まれました。私たち障害者も人類の一部なのです。私たちを矯正することはできません。私たちを治すことはできません。私たちはいつもここにいます。私たちも人類の一部なのです。

この議論の数カ月後に、ロバートはタウポにいて、工場の食堂で人々に話していました。そこにはマネージャーが二人いましたが、大きな半円状に座った他の人たちは知的障害のある労働者でした。彼らは「ロバート・マーティンは世界のどこにいるか」というタイトルの話を聞きに来ていて、その話の中でロバートは、自分の海外の旅のことと、知的障害者が世界中で経験している進歩と脅威について話しました。その後、いくつか質問が出たときに、年取った女性がいすの間をロバートのほうに歩いて来ました。女性は優しくロバートの手を握り、とても興味深く、大事なことをたくさん話してくれたことを感謝し、それから、自分のような人々に何ができるかと尋ねました。ダウン症のある人たちは何をするべきなのかと。

ロバートは微笑んで感謝を示し、答えました。「大事なのは声を上げることです。今ほど差し迫ったときはありません。この国では毎日、赤ちゃんがダウン症かどうかを調べる妊婦の検査が行われていて、こうした赤ちゃんの四人に三人が中絶されています。私たちは声を上げる必要があります」。後にロバートは、知的障害のある子どもを妊娠した人々についての意見をさらに詳しく述べます。

お母さんたちの気持ちは分かります。もちろん誰も障害のある子どもをもちたくはありません。そのことと折り合いをつけるのは難しいことですが、でも、それを一層難しくしているのが社会なのです。子どもの誕生は、普通はおめでたいことです。人々はプレゼントを渡して、「可愛いね」とか「可愛いわ」とか言います。ですが障害のある子どもが生まれたときは、人々は「可哀そうに」と言うか、子どもと家族に背を向けます。ですが障害があろうとなかろうと、赤ん坊に必要なものに変わりはありません。愛情と受容が必要なのです。それは家族にも必要です。

ロバートは、子どもに知的障害があったときに、家族がそのことに対処するためにどのように必死に努力するかについて話します。どうして子どものニーズを満たすかに、家族がすべての注意を集中させるようになることを。生活は、質の高いサービスを見つけ、子どもに必要な余分な資金を手に入れる方法を見つけ、適切な就学前、初等および中等教育を見つけるための闘いになります。家族がどれほど頻繁に孤立するかをロバートは説明します。「障害をもった家族になるのです」と彼は言います。「知的障害者には確かに支援が必要です。彼らには大きなニーズがあります。そして家族にもまた大きなニーズがあります。社会はこうしたニーズを満たさなければなりません」。自分の論点を明らかにする言葉を探して、彼は重ねて言います。

支持、ケア、思いやり。それは人間がもつ基本的な特質です。それは人間がやることで、私たちにこうしたことをやる機会がなければ、私たちは何かを失います。人間ではなくなります。

第十七章　閉鎖を見届ける

ロバートは旅で多くを学びました。どこの国でも知的障害者の経験は類似していますが、人権に対する障壁を打ち破るための進歩には国によって大きな違いがあることが分かりました。スウェーデンでオーケ・ヨハンソンを訪ねたときには、かつては施設を受け入れてきたこの国が、インクルーシブ[34]な地域社会の推進で世界をリードしていることに感心させられました。

対照的に、二〇〇〇年にＪＢ・ムンロとともに訪れたアイルランドでは、優れた支援雇用プログラムがいくつか行われていて、障害者が地域社会で働くことが可能になっているにもかかわらず、未だに施設モデルにとても強く結びつけられていました。

ロバートとＪＢはアイルランドからイングランドへ行き、そこでロバートはピープルファーストでの自分の経験について他の人たちと話すことができました。しかし、ほとんどの場合、ロバートはスポットライトの外にいて、できる限り多くの情報を吸収するほうを好み、そうした情報を後で、インクルージョン・インターナショナルと帰国してからの仕事の両方に使うことができました。多くのピープルファーストの支部が自分のオフィスを持ち、直接雇用する有給の支援ワーカーがそこにいることに彼は感心させられました。このための資金は地方自治体やその他の機関から直接来ていました。

セルフアドボケートも有給で、地方の協議会、住宅委員会、保健当局やその他の機関に話をする仕事をしていました。いろいろと学ぶことができた機会でした。

イングランドでは、ロバートは、ロンドン近郊のミルトン・ケインズのオープン・ユニバーシティ(35)でのものを含めて、いくつかの研修セッションへ行きました。彼はセッションを楽しみましたが、セッションから得るものがほとんどないように思われる人々がいることにイライラさせられました。ロバートはそのことでさまざまな学習スタイルについて考えさせられました。「誰も学び方は同じではありません。誰にも違いがあります。知的障害者の活動もさまざまなレベルで行われていて、研修も受け手の理解のレベルに合わせる必要があります」。

そのことがあったために、二人がグラスゴーへ行ったときに関わったセッションで、コミュニケーションが改善されているのを見てロバートは特に喜びました。それは言語を分かりやすいものにし、言葉を話せない人たちへの障壁をなくす方法を見つけるものでした。彼は、コミュニケーションのツールとしてのインターネットの可能性が大いに探られているのを目にしました。

インクルージョン・インターナショナルの第三副会長として、ロバートは政府高官とやり取りするようになっていました。二〇〇二年にはJB・ムンロとキャンベラへ行きましたが、ロバートがよく目にするように、政府高官は一見とても受容的で積極的なのに、実際には支援の必要をほとんど理解していませんでした。

その後すぐに、ロバートは中国を訪れました。同行したのはムンロと、ニュージーランド人で、ダイアン・リッチラーからインクルージョン・インターナショナルの会長を引き継いだドン・ウイルスでした。それは大きなイベントでした。中国によって「世界障害サミット」と名づけられ、世界盲人連合、世界ろう連盟などの組織が参加しました。その会議では、ロバートと同僚は、会議と宣言だけでは十分でないことを強調しました。そうしたものがほこりをかぶったままになっている例がたくさんありました。紙の上に素晴らしい言葉を並べるだけでは十分ではありませんでした。宣言は障害者にとっての現実に変えられなければなりませんでした。

国内では、ロバートはセルフアドボカシーの仕事を続けていました。人々が自分たちの声を見出すのを手伝うのは素晴らしいことでしたが、ロバートは、何百という友人たちが施設に閉じ込められたままであることをいつも意識していました。クライストチャーチの古いテンプルトン・センターやレビンのキンバリー・センターは、第四期の労働党政府が閉鎖の意思を示したほぼ一五年後も運営が続けられていました。一九九〇年代の国民党政府はこの方針を支持してはいましたが、かつて精神薄弱者コロニーと呼ばれていた施設は依然として開かれたままでした。

しかし一九九〇年代の終わりに、テレビのドキュメンタリー番組によってこの問題が前面に押し出されました。この番組の中で、テンプルトンに以前入所していたノーム・マッデンが、この暴力と堕落の場所について話をし、それが他の人たちにも声を上げさせました。すぐに激しい議論が巻き起こりましたが、特にＩＨＣのセルフアドボカシーのチームがその閉鎖の運動に加わると、テンプルトンを持続させることは難しくなりました。デスモンド・コリガンは当時ＩＨＣの他の場所で仕事をしていましたが、この熱い闘いを覚えています。

ロバートとスー・ゲイトはクライストチャーチへ行き、そこでいくつか市民向けの集会を開き、テンプルトンの閉鎖について彼らが考える問題を示したパンフレットを配りました。ロバートは自分の施設での生活から、施設がいかに人を損ない、一層無能にするかを話しました。施設は本質的に虐待的だと言い、地域社会での生活は人々にとってずっと良いものになることができると説明しました。

ロバートはテンプルトンを閉鎖するための運動の顔になり、悲しいことに多くの敵意の的になりました。人々はロバートが自分の言っていることを分かっていない、彼はテンプルトンを知らないし、そこの人々のことも知らないと文句を言いました。ロバートの話は事実ではないと言いました。ロバートは口汚くののしる電話の相手をするようになり、それは私のところにもかかってきました。電話をかけてくる人たちは、「ロバート・マーティンの場合はそれでいいかもしれないが、彼は自分の息子や娘ではない」と言いました。彼らは、ロバート・マーティンは少し違っていると言いました。ロバートは特別だと。彼の障害は自分の子どもの障害とは違うと言い、私は時々こうした人たちを調べましたが、彼らはロバートとほとんど違いませんでした。

IHCはロバートの発言を支持しましたが、ロバートを運動から外すことにしました。問題があまりに個人的になりすぎました。「私たちはロバートを守るために踏み込みました。彼が言ったことは急所を突いていましたが、私たちは彼をそのままにして、辛らつな言葉の矢面に立たせるわけにはいきませんでした」。

しかし、一九九九年に、ほぼ八十年にわたってホーンビィとテンプルトンの間の光景を威圧していたこの施設も、とうとうそのドアを閉めました。閉鎖の時がきてロバートが感じたのは、いろいろな気持ちが混じり合ったものでした。勝利からくる満足感はありましたが、居住者と家族にとって移行がどれほど困難かを知っていたために、それも抑制されました。ロバートは個人的な傷も負い、そのことをデスモンドは語ります。


ロバートは自分に対して行われた攻撃の執拗さに傷つき、しばらくの間それを引きずりました。数年後に、もっと多くのテンプルトンの以前の入所者が、自分たちが耐えてきた虐待を声高に語り、地域社会での新しい生活を語ったときでさえ、ロバートに謝罪する人は誰もいませんでした。彼に罵声を浴びせた人たちが、自分の過ちと友人たちのテンプルトンでの苦しみを決して認めないことが彼には悲しかったことが、私には分かります。

もちろん、なぜ特に入所者の親たちが、ロバートによって批判されたと感じたのか、ロバートは理解していました。彼らはずっと前に、強要されて正しいと考える決定をしました。今になって、その決定が子どもたちにとって最善のものではなかったかもしれないと認めるのはとても難しいことでした。

多分、テンプルトンの闘いについてのロバートの経験も、当時デスモンドが一緒に仕事をしていたら、違ったものになっていたかもしれません。それからの十年間のほとんどの期間、二人は国際舞台ではチームを組んでいましたが、ロバートは国内では彼をあまりよく知らない他の人たちと仕事をしていて、時には新しい仕事仲間との関係に適応するのが難しいと感じることもありました。ロバートはこのことを思い返します。

私には変化がとても難しいとずっと感じられていて、簡単に新しい人たちと仕事をできるようには決してなりませんでした。新しい支援者と一緒に仕事をできるようにするために、考え方をすっかり変えなければならないこともあります。

支援者との関係は普通の関係とは違います。とても親密で、多くの場合彼らへの依存度が大きいために、支援者が私たちの生活に入って来ては出て行くというのは、私と友人たちにとって、本当に困ったことでした。

テンプルトンが閉鎖されると、今度はニュージーランドに残る最後の施設としてのキンバリーが注目されました。何年もの間、この場所の将来についてのうわさや推測が続けられ、一九九〇年代中頃から、健康省、地域の保健当局、地域社会の間の協議が続いていました。施設が閉鎖されるかもしれないことについて家族の間に大きな不安があることは明らかで、調査では七〇%が、自分たちの家族の一員がキンバリーに留まるか、集合住宅施設型のケアを受けて暮らすことを望みました。多くの人たちが、キンバリーの住人は「特別」だと、すでに閉鎖された他の施設の住人より全体としては「障害が重い」と主張しました。彼らを地域社会に移すことはばかげていると言うのです。大臣はこうした意見に耳を傾け、差し迫った行動を遅らせてきましたが、それでも閉鎖への圧力は続きました。

専門家やＩＨＣのような組織が早期閉鎖のための闘いの前面に立ってきましたが、キンバリーをめぐっての闘いで圧倒的な力を発揮したのはピープルファーストでした。特に中央地区ピープルファースト支部のメンバーが、自分たちの地域の障壁と考えているものの除去のための闘いをリードしました。

当然のことながら、この闘いではＩＨＣとセルフアドボケートのチームが重要な役割を果たしましたが、この新たなミレニアムを迎えるこの時に、知的障害者が残る友人たちを「解放」するための闘いをリードするのは適切なことでした。

もともとは、北アメリカの語学の辞書から「精神遅滞」という言葉をなくすための運動を、北アメリカの活動家がどのように準備したかを見て触発された運動でした。それぞれの段階に取りかかる前に、支援者と協力して計画を立て役割を果たすという、運動の準備に組織的に着手した彼らのやり方に、ロバートと友人は感心しました。

私たちは会議で進め方を議論しました。誰に影響を与える必要があり、委員会で誰の支援が必要かを検討しました。ＩＨＣの支援に頼ることができるのは分かっていましたが、他からの援助も得なければなりませんでした。私たちが協力を依頼した支持者の一つが障害者連合（ＤＰＡ）でした。この団体は知的障害者だけでなく多くの人たちを幅広く代表していました。

アクションプランが作られ、スケジュールが描かれ、提携関係がつくられました。最も過激な計画の一つには、キンバリー自体の中にピープルファーストの支部をつくることが含まれていて、ボランティアのグループがキンバリーを訪れ、ピープルファーストがどのように活動するかを説明し、地域社会での生活の様子を話しました。生まれたばかりの支部での話し合いが始まりました。

私たちは地域のあらゆる場所の知的障害者の間で多くの話し合いをしました。そうした人たちの多くがキンバリーのような場所に住んでいたことがあり、我が国の最後に残った施設の閉鎖に関わりたいと強く思っていました。私たちは嘆願書を書き、それを行く所どこへでも持って行き、キンバリー自体にさえ持ち込みました。

ＩＨＣで働く職員自身が署名を拒否することがあるのにはがっかりさせられました。私は「閉鎖を支持している組織で、署名をせずにどうして働き続けられるのか」と言ってやりたいと思いました。ですが、言いはしませんでした。そうした職員たちは、キンバリーは一部の「特別な」人たちのために必要だと言って、私たちの議論を受け入れることを拒否しました。

ですが、閉鎖に反対したのはＩＨＣの一部の職員だけではありませんでした。地域保健委員会がキンバリーを閉鎖すれば職を失う人たちは、施設を継続させようとさらに固く決意していて、レビンの地域社会がこれらのキンバリーの職員を応援しました。地域経済にはこの古い病院が重要でしたし、この町が、現職が僅差で勝利した激戦の国政選挙区の重要な部分だったのです。
しかし、ピープルファーストが説明し続けたように、問題は小さな町の雇用や収入がどうなるかの問題ではありませんでした。基本的人権の問題でした。職員や地域社会のグループが何と言おうと、キンバリーを含む施設に住んでいた人たちの知識と経験を、否定することはできませんでした。ピープルファーストはそういう人たちを国中から捜し出し、自分たちの主張を裏づける証拠を集めました。ロバートのような経験豊かなベテランをさえ痛ましいと思わせる、胸が張り裂けるような物語もありました。まだキンバリーにいる人たちとの議論からも、人々を外へ移すのがどんなに困難なことになるかを気づかせられました。施設の閉鎖はやるべきことの一部でしかありませんでした。彼らが会った人々の多くは、施設の中で三十年とか四十年を過ごしてきていました。こうした人々は他のことを何も知りません。彼らと、その家族に対して、かなりの支援を行わなければなりませんでした。

これまで私たちは、こうした場所から出てくる人たちのために適切な支援が確実に行われるようにしなかったという過ちを犯していました。そういう過ちを繰り返したくなかったので、私たちはゆっくりと活動し、施設が最終的に閉鎖されたときにどういうことが必要になるかについて政策決定を行う人たちに話しました。それが一夜にして起こるものではないことを私たちは知っていましたが、閉鎖が決まった以上、支援がきちんと行われるようにするための仕事が開始されなければなりませんでした。

最終的には、命令は政府から来なければなりませんでした。地域保健委員会は閉鎖が施設居住者のためには最善の道だと考えていたかもしれませんが、そこでは政治的意思決定はできませんでした。そこで、ピープルファーストはウェリントンにメッセージを届ける日を設定しました。二〇〇一年九月七日に、議会への行進が行われることになりました。

行進の数日前、ロバートと古くからの友人のジョシーが、大臣との面会の約束を取り付けました。ルース・ダイソンはキンバリーの閉鎖を中断させた人ではありませんでしたが、大臣の職を受け継いでから、前任者の決定を覆す何の様子も見せませんでした。二人が大臣のオフィスに入って、金曜日には何台ものバスに乗った知的障害者が至る所からこの町に到着し、ウェリントンの通りを行進すると説明したことを、ロバートは思い出します。自分たちは今日、金曜日が来る前に、キンバリー・センターを閉鎖する予定だと大臣に発表してもらいたいとお願いに来たのだと言ったことを。

かつては人に話をすることさえ怯えてできなかったジョシーが、大臣に向かって話をしていました。「金曜日の行進はお祝いの行進になるか、抗議の行進になるかどちらかです。選ぶのはあなたです」。

翌日の議会の質疑の時間に、ルース・ダイソンは議場で、「広く意見を聞いた結果、多方面の代表からなるワーキンググループの勧告に従い、キンバリー・センターのすべての住民が、これから四年の間に地域社会に移り住むことを決定した」と言いました。それから大臣は、ピープルファーストがお祝いの行進を終えるときに、議会の庭でピープルファーストの人たちと会うよう議員たちを招待しました。その日のことをロバートは話します。

私たちはウェリントンの目抜き通りを行進しました。人々が出てきて眺め、議会ではいくつものスピーチがありました。それは私たちにとって誇らしい瞬間でした。私たちはこんなにも多くのことを実現したのです。歴史がつくられたのです。

ロバート同様、デスモンドもその日、何か特別なものを感じました。

行進の中には本当にさまざまな人たちがいました。一般市民や知的障害者の家族がいました。IHCの労働者やコミュニティハウスの人たち、大勢のピープルファーストのメンバーがいました。北島の至る所から、南のウェリントンに向かうバスでやって来ました。

ですがその日のことで私にとって興味深かったことがありました。セルフアドボカシーやIHCの仕事を長年やってきて、私は一般市民の障害者に対するいろいろな態度を見たり感じたりしてきました。人々が見せる最も普通の感情の一つは憐れみでした。ですが、ピープルファーストがウェリントンを行進した日、歩道に立ち、オフィスの窓から見守っている群衆を見ても、憐れみの気持ちは感じられませんでした。私が見たのは敬意でした。それは大きな変化でした――ロバートと私がニューヨークに行ったときにもう一度見た変化でした。

二〇〇六年十月、最後の住人がキンバリーを離れることになり、センターは永久に閉鎖されました。閉鎖を記念する公式の式典が行われ、ロバートが挨拶を求められました。彼は旧友でローンボウルズの仲間でもあるレイ・ローズを伴い、当局者がスピーチをした後で、短いスピーチをしました。キンバリーがついに閉鎖されたことについてロバートが満足の気持ちを述べると、年かさのレイが進み出て静かにロバートに話しかけ、他にもやらなければならないことがあるのを彼に思い出させました。

そのようにして、松の木陰で、キンバリーに住み、そこで亡くなった人たちの栄誉のために、一分間の黙とうが捧げられました。

第十八章　世界をもっと良い場所にする

二〇〇三年にロバートはレソト[36]にいました。名前も聞いたことがない場所でしたが、そこで彼は多くを学ぶことになりました。インクルージョン・アフリカがそこで会議を開き、インクルージョン・インターナショナルもそこで同時に理事会を開くことにしました。組織の将来の方向を導く戦略プランを策定したいと考えたのです。

ロバートとデスモンドがようやく到着すると、ロバートがオープニングで障害と貧困についてスピーチをするよう指名されていることを知りました。ロバートが話をするよう直前に頼まれるのは初めてのことではありませんでした。それどころか、そうした要請はそれからの数年間、次第に普通のことになっていきました。

デスモンドと私が互いに顔を見合せ、何かをまとめるのに二十分しかないことに気づいたことを覚えています。私たちは静かな場所へと急ぎ、スピーチの主題についてブレーンストーミングをしました。私は本当にじっくり考えなければならず、二人で話しながら、デスモンドがきちんとした形にまとめました。それから私たちはそれを読み返し、デスモンドがそれについて私に質問をし、それからそのすべてをパワーポイントのプレゼンテーションに入れました。それがそれからの六、七年間の、私たちの通常のやり方でした——二人でブレーンストーミングをし、デスモンドがそれをまとめるのです。ものを教えるデスモンドのスキルがこうした状況ではとても貴重でした。彼は、他の人たちが物事をどう見るかをいつも私に考えさせる質問をしました。

プレゼンテーションはうまくいきました。地元のバンツー語を話す人たちがスピーチを理解できないのではないかという心配がありましたが、一人の知的障害者のセルフアドボケートが完ぺきな英語を話し、通訳することができました。

このプレゼンテーションの中で、ロバートは欧米社会のものの見方を捨て、障害を地元の人たちのレンズで見ようとしました。彼とデスモンドがレソト・インクルージョンのデイ・プログラムのオフィスを訪れたときに、ロバートはこの途上国の様子を垣間見ていました。それは強風と戦うテントで、アフリカの友人たちが直面している苦闘の適切な比喩に思われました。広大なアフリカ大陸で、知的障害をもって生まれる人たちの九〇％が五歳になる前に死に、貧困、戦争、エイズ、恐怖と迷信のために、生き残った人たちの生活は継続的な苦闘になりました。それは、この惑星の大きな部分に写し出される、悲惨な状況でした。

障害のあるところ貧困があります。障害者の八〇％が途上国に住み、世界銀行によれば、障害者は地域社会の中の最貧の人たちです。障害は、しばしば家族や隣人から何らかの形の超自然的な罰または呪いとして見られ、そのために障害者は避けられ、虐待されます。世界中の一億五千万人のストリートチルドレンのうちの三〇％に障害があります。

非欧米社会が直面する膨大な仕事を知って、ロバートは理事会で、代表がよりバランスの取れたものになることに注意を集中しました。声がより強力なものになることによってのみ、途上世界の障害者は自分たちの主張を前進させることができるので、ロバートは、自分のようなメンバーが各大陸で理事会に入ることを主張するグループに加わりました。

セルフアドボケートは、他の人々と同じように理事会に代表を出すことを望んでいました。知的障害者が自分たち自身の世界を代表することが重要でした。それがアドボカシーを世界中に広めるのに役立ちます。

理事会にはこの考えに反対する人たちがいました。そうした人たちは特に、それによって費用が増加することを心配していましたが、私たちは事前の準備をしてどんな議論にも備えられるようにし、最後には私たちが勝ちました。それは素晴らしい日でした。私たちは短時間でとても大きく進歩しました。

ロバートはさらに先まで行きました。新しい世紀が始まったばかりのときに、国連総会が障害者の権利をめぐって条約を作成するよう決定したと、ドン・ウイルスが連絡してきました。ウイルスはロバートに条約を立案する特別委員会に関わってほしいと思っていました。次にロバートは、ウイルスが会長を務める、障害者団体の連合である国際障害同盟（ＩＤＡ）の会議でニューヨークにいました。

会議では近づきつつある国連での会議に備えるための幹部会（コーカス）が要求されました。ロバートはインクルージョン・インターナショナルを代表してその場にいました。

そこにいることは驚くべきことでした。私はそれまでそんな場面を見たことがありませんでした。この大きな部屋に私たちのような人がとても大勢いて、正直に言えば、条約が自分たちだけのためのものだと考えるグループがいくつかあったようで、最初はややまずい結果になりました。「声の大きい者の意見が通る」という古いことわざがあります。それがこの会議で起こったことだったと思います。

ロバートのＩＤＡの会議のためのニューヨーク行きはもう少しでなくなるところでした。数カ月前に、彼はインクルージョン・インターナショナルの理事を辞任することを真剣に考えていました。彼は空港ターミナルとホテルの部屋の生活に疲れ、ワンガヌイのリンダと友人が恋しくなっていました。試合の後にビールを飲み、陽気な試合後の分析も行われる週末のフットボールやクリケットに、何週間も続けて姿を見せることはほとんどなくなりました。当然ながら、体重は何キロも増加しました。ですが、ロバートは辞任しませんでした。デスモンドと他の人たちが、まだなすべき重要な仕事があると彼を説得したのです。

それで、彼が積極的行動をとるきっかけとなった、ワンガヌイのサニーデール農場でのストライキから二五年後に、ロバート・マーティンはニューヨークのマンハッタンで、国連本部へと続く一九三の加盟国の旗の間を歩きました。彼は大勢の世界のリーダーに混じって、人権宣言の拡張、つまり障害者権利条約についての議論に当たって友人たちを代表するために到着したのです。

最初の会議には二千人以上が集まりました。世界中からの政府のスポークスマン、外交官や代表、市民社会の代表などでした。盲人の、そしてろう者の幹部も集まりました。車いすに乗った人たちがスロープから会議場に入り、精神障害者、地雷被害者、さらには十を超える他の重要な大義の代表がいました。そして、そこにロバートがいたのです。数百万の人々のために話をしようと決意した、唯一の知的障害者として。

ロバートが特別委員会でのインクルージョン・インターナショナルの代表だということが、彼が長年メンバーを務めてきたインクルージョン・インターナショナル理事会がロバートの能力に寄せる信頼を雄弁に物語っていました。会長のダイアン・リッチラーは何年間もロバートと共に働き、そのたぐいまれな政治的スキルを理解していました。「ロバートは何を言うべきか、それをいつ言うべきかを知っています。彼は公衆の前で堂々と話し、物語をとてもうまく語ります。素晴らしいユーモアのセンスもあり、そのために人々が敵意を和らげることがよくあります」。

インクルージョン・インターナショナル理事会のアジア太平洋代表である長瀬修は、こうしたスキルに加えて、ロバートには人々を安心させる、持って生まれた才能があると言います。ロバートは、他の人たちのものの見方を理解したいと心から思って耳を傾け、自分のものの見方を単刀直入に伝えます。国連では彼のそうしたすべてが必要でした。ロバートには、各国政府の前で知的障害者の利益を主張する責任があるだけでなく、インクルージョン・インターナショナルが条約に加えたいと考える提案の一部に反対するその他の障害者団体との提携関係もつくり上げなければなりませんでした。長瀬修が説明するように、会議に集まった多くの人々には知的障害者についての経験がわずかしかないか、またはほとんどなかったために、それは大変な仕事でした。インクルージョン・インターナショナルはロバートを支援するために最善を尽くし、国連は最終的に知的障害者の代表として何人かを参加させるための資金を見つけましたが、結局のところ、ロバートは困難な環境の中に一人で置かれました。彼は緊張していました。

一人だということは時にとてもつらいものです。私は前にはこのようなことに関わったことがありませんでした。会議場には世界中からの政府の代表が一緒にいて、何の問題についてもいつも彼らが最初に発言しましたし、政府代表の人たちは実のところ私たち市民社会の人々がそこにいることは全く望みませんでした。条約を私たちなしで作成できたらずっと簡単なのにと考えていたと思います。

でも私たちがそこにいることが必要でした。私たちは人生のすべてを障害の世界で暮らしてきて、私たちの主張を分かってもらうことが必要で、条約の中に入ってほしいと思うもののリストを全員が持ってきていました。

「私たち抜きに私たちのことを決めるな」というスローガンが国連での障害者を結集させる掛け声

2006 年に国連でインクルージョン・インターナショナルを代表して演説するロバート（写真撮影はダイアン・リッチラー）

になり、短時間でしかなく、すべての国が発言した後だったにしても、障害者は何とか自分たちの声を聞いてもらうことができました。

ロバートは毎日、著名なドイツの人権弁護士で、二〇一〇年にインクルージョン・インターナショナルの会長となるクラウス・ラシュウィッツと並んで正面近くに座りました。法的な議論になりがちな国連の環境の中で、ラシュウィッツは貴重な存在でした。ロバートの隣の自分の席から、彼は議場で出てきた言葉や考えを説明し続けました。デスモンドとドン・ウイルスがいつも二人の後ろに座り、助言と提案をしました。

本当に大変でした。会議は長くて、朝の九時頃から夕方の六時まで座っていて、それから夜に出席する他の会議があることも少なくありませんでした。一日の終わりにはかなり疲れてしまい、時にはどこかの大使館の招待を受けて、いろいろな人と会って挨拶し、お酒を飲むために、一日がもっと長く続くのです。いつも大変な思いをさせられました。政府の高官と会うような、そういったことには慣れていませんでした。

ロバートは社交的な場で苦労します。若い時代を社会の周縁で過ごして、礼儀正しい雑談の仕方を学んでこなかったためだとロバートは言います。こうした場で続けられる儀礼的なやりとりに、ロバートは不安になり、できるだけ早くいなくなるか、会合の端のほうに行っていました。何年もの間、ロバートが端のほうへ行って一人で座っているのを心配して、人々が彼の様子を尋ねることがよくあったと、デスモンドは言います。デスモンドはいつも、ロバートには一人でいることが必要なのだと、人前で一見気楽そうにしているが、彼にはとても難しく感じられることがあるのだと説明しました。そうした難しさの一部は、ロバートが虚飾を嫌っていたことでした。彼は「重要人物」に深い疑いを覚え、彼らと一緒になることに不安を感じました。まるでこうした人たちと同じ行動をとることが友人を裏切ることでもあるかのように。

知的障害のある友人たちなしには私の今はなかったので、私はいつも自分らしくあって、うぬぼれ屋にはなるまいとしてきました。時には、私が最も上席に座らなければならないこともあって、自分が他の誰よりも優れているわけではないので、それがとても嫌でした。私は有名だと人々は言いますが、そうではありません。私は自分の仕事をしているだけです。

昼間の議場では彼の意見に賛成する人は多くはありませんでしたが、ロバートは非常に強い印象を与えました。普通議場は騒々しい場所ですが、ロバートが立ち上がって話をすると、人々は注意深く耳を傾けました。ダイアン・リッチラーはそうしたケースをいくつも覚えています。「みんなはショックを受けたのだと思います。ロバートのようなレッテルを貼られた人がそこで話していることは、誰も予想していませんでした――それに彼がとても雄弁なことも。物語を語り、具体的な経験を伝える彼の能力が人々を感動させました」。

そうしたケースの一つは、障害者が地域社会で暮らす権利について委員会が議論していたときのことでした。それが政府にとって大きな出費を招く可能性があると考えた政府側からかなりの反対がありました。ロバートは会議で自分の生い立ちを話し、施設は助けると言っている人の力を奪うことを説明しました。施設は収容者と職員の両方を無力にし、非人間的にすることを。

他人の人生を支配して、それがその人のために一番良いと言おうとしたり、人々に施設に住むことを強制したりすることは決して正当化できません。最終的に地域社会で住むために必要な支援と援助が得られたために、私は今ある私という人間になることができました。未だに施設に収容されている障害者の友人たちも同じ機会を与えられる価値があるのです。

条約の第十九条が最終的に合意されたことで、人々が地域社会に住み、誰と一緒に住むかを選択する権利が確認されました。それは他の国連の条約の中には存在しない原則でした。そこではすべての施設の閉鎖は具体的に求められてはいませんが、すべての人々が、もし望めば、地域社会で住むために支援する義務が国に課されます。長瀬修とダイアン・リッチラーはともに、議場とロビー活動の両方での、ロバートの大変な努力がこの条項の成立に大きな意味があったと考えています。ロバートがインクルージョン・インターナショナルの視点で問題を見てくれるよう説得しなければならなかったのは政府側だけではありませんでした。障害セクターの内部からもかなりの反対があり、家族の位置づけについての反対が一番大きなものでした。ロバート自身の家族との関係には大きな問題がありましたが、知的障害者、特にコミュニケーションが非常に難しい人たちには、家族が最も重要な支援者である場合が多いことを彼は理解していました。こうした人たちにとって、多くの場合、家族のメンバーが、選択や必要を示す微妙な合図を理解する唯一の人々なのです。条約で家族の特別な地位が認められ、障害をもつ家族のメンバーがその権利を享受できるようにするために必要な保護と支援を、家族が確実に受けられるようにしなければならないと、ロバートが主張したのはこのためでした。それは障害セクター内部の多くの人たちが深い疑念を抱く見解でした。人権は、特に欧米では、ずっと個人の権利として考えられてきていて、ロバートとインクルージョン・インターナショナルが提案しているることは、それを脅かすように思われました。ダイアン・リッチラーは、ロバートはこの立場を理解していたと言います。

さまざまな種類の障害をもつ多くの人たちが、自分たちの家族が過保護で、彼らの自由を制約していると感じてきていて、障害者にとって重要なのは自分たち自身のために声を上げることができることだと考えています。そのために、代表として交渉に出席している他の大部分の障害者組織にとって、知的障害者の生活の中で家族が重要な役割を果たすことと、家族に可能性を与えることで障害者が可能性を与えられるということを受け入れるのは非常に難しいことでした。

インクルージョン・インターナショナルは、この視点を主張するために家族をニューヨークに連れてきましたが、家族は家へ帰り、息子や娘に自ら話させるようにと言われました。インクルージョン・インターナショナルは二人の女性とその子どもたちに委員会の議場に来てもらい、家族の間の言語を用いることで、どのように生涯にわたる関係が構築できるかを示すことで対応しました。女性たちは、自分たちとその成人した子どもたちが、他の人たちには理解できない非伝統的な方法でニーズと夢を議論できることを示しました。この作戦は功を奏しました。それは集まった人たちに、自分たちが考えをはっきり述べることができる活動家の、少数のエリートグループであることを思い出させ、そのためにロバートは、前に行ったスピーチの一つで議場に提示したメッセージに戻ることができました。

この条約は今日ここにいる私たちだけについてのものであってはなりません。この部屋にいない人たちにとっても意味のあるものでなくてはなりません。ここにいる私たちと同じ方法では意思を伝えられないために、いつも人目についたり、話を聞いてもらえたりするわけではない友人たちにとって意味あるものでなくてはなりません。条約はこうした人々の権利を守り、その生活について語らなければなりません。

ロバートはこうした議論における橋渡し役で、最終文書の前文（x）はロバートの努力に負うところが大きかったと、長瀬修は言います。そこでは、家族が自然的、基礎的な社会の集団単位であり、社会と国によって保護される権利があると書かれています。

条約をめぐっての会議が、それからの数年のロバートの生活の中心になりました。家にいるときにはＩＨＣの新しい役割の中で、研修部門の一員として働きましたが、引き続きインクルージョン・インターナショナルのために外国に旅行しました。

ロバートは研修の役割が大好きで、若いアイルランド人のピート・ライナムと一緒に働きました。ピートはイングランドで、施設を出る運動をしている人たちを支援して働いたことがあり、彼とロバートは一緒に、ＩＨＣの職員にこの経験についての本質を捉えた意見を提供することができました。ロバートはよく自分自身の生活について話をしたり、自身が施設から地域社会への転換をした友人を連れていったりしました。ロバートは説明します。

私たちの価値観はみなよく似ていて、行動も似ていると考えがちですが、実際にはそうではありません。ほとんどの人たちはこうしたことを家族や友人から学びます。そのうちの一部については学校で学びますが、施設で成長した人たちの場合は状況が違います。彼らは価値観も行動も違う別世界に住んできました。こうした人たちが施設を出て地域社会に入るときには、すべてをもう一度学び直さなければならないのです。

アリソン・キャンベルも、この仕事の大変さを理解するようになりました。

施設で育ったとても多くの友人たちが、信頼し愛することができることは、私にとってはいつも非常に大きな驚きでした。私はこうしたやり方を家族の中で学びましたが、友人たちは施設ではそれを学ばなかったのに、だったら一体どこから学んだのでしょうか。私が最初にロバートに会ったとき、彼は誰も信用しませんでしたし、実際に、彼にはそうする何の理由もありませんでした。実際に、ロバートの生活の中の誰もが彼を失望させました。人々はいつも彼の代わりに物事を決め、彼を辱めるようなことをやってきました。

ロバートはアリソンの要約に同意し、子ども時代の経験が未だに今の自分を形づくっていると付け加えます。

私の子ども時代はまさに私だけでした。愛はありませんでした。そのために、私は今でもその言葉を理解するのが難しいと感じ、愛情を示すことが得意ではありません。そのために、私は両腕を人の身体に回すのが苦手です。女性がそれを好きなのは分かっていて、長年にわたって、特に支援者と、または海外で旧友に会ったときに、女性は私を抱き締めたがりますが、私はずっとそれが好きではありません。多分そういう女性たちの気を悪くさせているでしょうが、でもそうしたすべてが好きではないのです。子ども時代でさえ、私は家族と握手しかしませんでした。年を取り過ぎると、キスをたくさん続けられなくなるものです。

ＩＨＣで研修をしている以外の時間、ロバートはニュージーランドを離れて南アメリカ、ブルキナファソ、日本、東ヨーロッパ、メキシコ、さらには彼の評判がすでに広まっているものの、まだ行ったことのなかったいろいろな場所を訪れました。こうした旅のほとんどは条約を中心としたもので、ニューヨークと国連にもたびたび旅しました。国連で特別委員会を進めていたのは、まずエクアドル大使のルイス・ガレゴスであり、次にはニュージーランド国連大使のドン・マッケイでした。

マッケイが議長の職にあったことが、バラバラで競い合っているグループに対処するために不可欠だったと、長瀬は考えています。マッケイは混乱から明快さをもたらし、多くの人の予想よりずっと短い時間で議事を確実に完了させました。ロバートもまた、マッケイの仕事に感謝してそれを評価し、二人ともキウイ（ニュージーランド人）(37)だったために、ロバートはこの大使と特別な関係にありました。彼はこの関係をさらに深めるよう努力し、数カ月が数年になり、デスモンドはロバートと大使の間に敬意に満ちた関係がつくられたのに気づきました。デスモンドは二人が休憩の間に静かに会話しているのをよく目にしました。しかし関係はそれ以上のものになっていきました。国内で何度も、ロバートは大使と会い、大使を他のニュージーランドの知的障害者たちに紹介し、障害者たちが自分たちのライフスタイルや経験や夢を直接伝えることができるようにしました。長瀬は、「ニュージーランドの要素」が国連で本当に成果を上げたと考えています。

しかし、ドン・マッケイは審議の場での唯一のキウイではありませんでした。ニュージーランド政府からのチームがいて、時々障害者を同行させましたが、政府チームは初めから障害者とはあまり関係なかったとロバートは言います。このもう一方の代表からの距離に気づいたのはロバートだけではありませんでした。デスモンドもこれに気づき、ロバートに同情しました。

私たちがニュージーランド政府の代表団と本当に無関係だったことははっきりしていました。私たちは代表団の一人ひとりを知るようになりましたが、ロバートが彼らの議論に招かれることも意見を求められることもなく、私はロバートのためにそのことを悲しく思いました。ですがその状況は、交渉の中で世界的に起こっていたことを反映していたのです。一方で公式の政府代表団があり、もう一方で市民社会を代表するグループがあり、政府の代表と障害者はバラバラのままでした。そこには緊張がありました。

政府の代表団を見ていて、ロバートとデスモンドは共に、彼らがそこにいるのはそれが仕事だからだと感じました。多くの場合政府のメンバーは問題についての理解を示すことはほとんどなく、障害者に憐れみを感じてはいたかもしれませんが、その人たちについて話すために自分たちがそこにいる、障害者の生活についていてきちんと理解していませんでした。それどころか、市民社会の代表に対して違和感をもっているように見えることが少なくありませんでした。

ダイアン・リッチラーは、デスモンドの言う緊張は国家とＮＧＯの間の分裂にとどまるものではなかったと言います。文化が違えば、ジェンダー、生殖の権利、結婚のような主題の周辺で問題が生じます。国の豊かさの違いによって、脱施設化やインクルーシブ教育を含む、さまざまな事柄に対する各国の見方に影響が生じます。インクルーシブ教育の問題も障害者グループを分裂させましたが、それは特別学校を維持したいと考えるグループがあったからで、同時に、家族と法的能力の問題も同様にグループ間の分裂をつくり出しました。ダイアン・リッチラーは、インクルージョン・インターナショナルの内部自体に緊張があったことも認めています。さまざまな問題についてロバート、リッチラー、そしてその他の人々が明らかにする立場が、一部のメンバーが取ろうとしていたものより過激なことがよくありました。

そうした複雑性のために、交渉には多層的なアプローチが求められました。インクルージョン・インターナショナルは、「友好的」だと思う国の支援を求め、同時に障害ＮＧＯの代表の間のコンセンサスを構築しました。政府側が優位にあり、発言時間を支配していたために、特にこのことが必要でした。発言の機会を与えられたときには、障害セクターは効果的でなければならず、一致して取り組まなければなりませんでした。毎朝、障害グループは最初のセッションの前に集まり、一日の議題を検討し、戦略と、誰が代表して話すかを決めました。ロバートは何回か話をし、彼の貢献は条約だけでなく国連自体にも影響を与えたとデスモンドは考えています。

ロバートが、議論の場にいた誰よりも、障害者の生活と価値観について人々を――特に各国政府を――教育したことを私は知っています。何度もそう言われたので、それが本当だと私には分かっています。ロバートは彼らに、私たちはみな同じだということを伝えたのです。すべての人はあるがままの自分を評価され、尊厳をもって扱われる必要があることを。

そして、ロバートの与えた影響は各国の代表団にとどまりませんでした。上級職員を含む国連内部の人たちが、条約についての会議が国連を変えたと私に言いました。それは国連職員の障害者に対する見方を変え、その効果は世界中で長年にわたって感じられ続けると私は考えますが、それは国連が非常に大きな影響力をもっているためです。ロバートの国連での時間がそれを助けることでしょう。

この時期にロバートは国連で、事務総長のコフィ・アナンと韓国外務省の外交官（後に、二〇〇七年から国連事務総長）の潘基文《バンギムン》をはじめとする、多くの有力な人たちと出会いました。障害に関する国連特別報告者のシュイカ・ハッサ＝アルタニはロバートの特別な称賛者になり、パブリックフォーラムで、知的障害者が直面している重大な問題について国際社会を教育するにあたって、ロバートが果たした役割に感謝の念を示しました。

二〇〇六年十二月十三日に障害者権利条約の最終草案が採択されたとき、その条文の中にはインクルージョン・インターナショナルの影響が見られました。家族に認められる地位と、地域社会で生活する権利についての第十九条以外にも、法の下での平等を規定する条項と、障害を理由に自由を奪うことが正当化されないことを確認する条項がありました。

条約の十八条は子どもが名前をもち、国籍を獲得し、さらに、できる限り両親を知り、そのケアを受ける権利を保障しています。障害者は結婚し、自らの生殖を管理する権利を保障されます。教育と訓練、仕事、文化、レクリエーションとスポーツへのアクセスも保障されます。支援のもとでの障害者の地域社会での生活を推進しようとする政府側の取り組みもあり、ロバートによれば、「生命の権利の問題には誰も触れたがりませんが」、世界人権宣言の中で述べられている生命の権利の短い再確認がありました。

条約の条項を通読して、ダイアン・リッチラーと長瀬修は共に、ロバートの貢献の影響を見て取ります。デスモンド・コリガンもこれに同意しますが、彼はより深い影響も指摘します。そうした影響は、ロバートが、力をもたない、最も排除され、最も貧しい人々に、条約が手を差し伸べなければならないことを常に思い出させたことから生じたものです。

デスモンドが説明するように、国連には人権について高度に技術的な言葉で語る傾向が常にありました。ロバートは条約が、それが助けようとする人たち——普通の障害者のために書かれることを主張しました。彼は「そういう人たちが条約を読むことができて、『ああ、これは私のことだ』と言うことが必要なのです」と言ったことがあります。

条約が採択された日、コフィ・アナン事務総長は次のようなメッセージを出しました。

今日という日は、新たな時代の——障害者が、あまりにも長きにわたって広く行われることが許されてきた、差別的な扱いと行動を、もう耐える必要のない時代の夜明けを約束します……。

この条約を推進するために、疲れを知らずに、粘り強く活動したのは障害者のコミュニティ自身で、国連がこれに応えました。わずか三年で、条約は何重にも画期的な出来事となりました。二十一世紀になって初めて採択された人権条約であり、国際法の歴史で最も迅速に交渉がまとめられた人権条約であり、もっぱらインターネットを通じて行われたロビー活動から生まれた最初のものです……。

条約が目指す結果をもたらすためには多くの仕事が残されています。私は、すべての政府が遅滞なく条約の批准と実施を開始することを求めます。

条約に最初の八二の署名が記録された二〇〇七年三月三十日に、ロバートはニューヨークにいました。それは国連条約の初日の署名数としてはこれまでで最大でした。ニュージーランド政府がこの文書を批准したときにはロバートはウェリントンにいて、その後の祝賀会で、この非常に大きな成果について友人たちと政府の指導者にお祝いの言葉を述べるとともに、次のような課題を示しました。

社会を変えることは人の心の中にあるものを変えることです。それは古い考え方を新しいものに変え、人々に変化の必要を受け入れさせることです。私たちがこれを達成したときに、条約は私たち障害者にとって現実のものになります。

第十九章　未来へ

この出来事があって間もなく、二〇〇八年に、ロバートとリンダはウェリントンの総督邸に旅しました。ロバートのニュージーランド・メリット勲章の授与のためでした。二人に同行したのはデスモンドと、やはりロバートの生活に大きな影響を与えた二人、アリソン・キャンベルとレイ・ローズでした。強い日差しを浴びた芝生の上で、要人の間にこうした人たちが集まると、テレビのクルーが全国ネットでの放送のためにロバートを撮影し、リンダとレイは、これ以上はないほど誇らしく感じました。

もう一人の古くからのキンバリーの友人が、受章者のリストが発表された日にロバートに連絡してきました。ジェフ・ビューケネクスは、以前面倒を見ていた人物にワンガヌイの若者として再会して以来、その動静をずっと注意深く見守ってきました。ジェフは、人々を地域社会へ送り返す仕事の一環としてＩＨＣの施設をよく訪れていて、彼がホステルを通り抜けたとき、誰かが「こんにちは、ビューケネクスさん」と言いながら近づいてきたのです。

もじゃもじゃ頭の若者はロバート・マーティンだと自己紹介し、ジェフは目の前でにこにこ笑っているずんぐりした若者がキンバリーにいた小さなロバート・マーティンだとはほとんど信じかねました。二人は腰かけて昔のことと、生活がどれほど変わったかを話し、最後に会ったときには七歳だった少年に起こったことを聞いたとき、特に、ある時には失望のあまり、もう少しで自殺するところだったことを聞いて、ジェフは深い衝撃を受けました。今は、いろいろなスポーツをやり、ピープルファーストに関わって、ずっとうまくやっているとロバートは言い、ジェフを安心させました。ロバートはさらに、レクリエーションホールで、ジェフがかなり得意だった卓球をちょっとやろうとジェフを説得し、若いロバートが三ゲーム続けてジェフを打ち負かした後で、連絡を取り続けようと言って、二人は別れました。その後の長い年月で、二人が会うことは多くはありませんでしたし、ロバートが世界中を旅するようになって、二人の連絡はほとんど途絶えていました。

ジェフがロバートの栄誉を祝うために電話したとき、ロバートは彼に「ビューケネクスさん、この栄誉に手を貸してくれた人が本当にたくさんいて、あなたはその中でも一番重要な人の一人です。あなたのおかげでできたことがたくさんあります」と言ったと、ジェフは言いました。ジェフはロバートに、「いやロバート、君がやったことだよ。やったのは君だよ」と繰り返すことしかできませんでした。

ジェフはかつて、小さなロバート・マーティンを誰よりもよく知っていました——彼はロバートの才能とその前に立ちはだかるものを知っていました。

ロバートが成し遂げたことを考えると、信じられないと思うことがあります。一九六〇年代に、キャメロン住宅の一八人の少年のうちの誰が有名になって、栄誉を勝ち取ると思うかと誰かに聞かれたとしたら、私はその人を笑ったことでしょう。他の人と同じように、「知的障害者はそんなことはやりません」と答えていたでしょう。

そう、私たちは今、別の時代に生きていて、私たちが夢見さえしなかったことが可能なことを知っています。ですがそれでも、振り返ってみれば、私が今知っていることを知っていたとしても、それでも私はロバート・マーティンに起こってきたことを本当には信じられません。彼が成し遂げたようなことをやるようになる少年を無理やり選ばされたとしたら、ロバートは私が選ぶ十二番目にも入っていなかったでしょう。

条約が批准された後で、デスモンド・コリガンはIHCとインクルージョン・インターナショナルの両方を辞め、ワイカナエの海岸近くの別荘に引っ越しました。ロバートはもう少し長く在任しましたが、やがて彼もペースを落とす時期だと決断しました。軽い心臓発作が、最終的に生活を変える決心をさせました。ロバートは食事を変え、再び定期的に運動をするようになり、インクルージョン・インターナショナルのニュージーランド代表を旧友のデビッド・コーナーに引き継ぎました。IHCでは明日のリーダーを訓練して働き続け、まだスピーカーとして求められるときには、しばしば外国へ旅しました。それからロバートは回顧録を書き始めました。

このバラバラに広がる自分の生涯の物語をまとめようと試みることで、幼い子ども時代の悲しみと残酷さが呼び覚まされました。子ども時代と青年時代の傷がどれほど深く残っていたかが物語によって浮き彫りにされ、自分を憂うつ、怒り、自信喪失に引きずり込んだのはこの作業のように思われ、そのためにロバートは唐突に執筆をやめました。

二〇〇八年にキャロリン・ストーブスがロバートの支援者を引き継いだときに彼がいたのは、このブラックホールの中でした。キャロリンは何年も前にロバートに会ったことがあって、二人は友人になり、今度は彼女がＩＨＣに帰って来てロバートと働くことになりました。

ペアとしての最初の仕事で、キャロリンは早くもロバートの政治的スキルに強い印象を受けました。二人はオーストラリアのアデレードにいて、そこでロバートは、大きな施設の一つを継続させるという決定について地域のコミュニティと話をするよう頼まれていました。ロバートとキャロリンは委員会と会い、施設を訪れて家族と話しましたが、親たちで一杯の部屋へ入っていったときの震えをキャロリンは思い出します。子どもたちは施設に残らなければならないと心に決めた人たちの集まりの中で、施設で見たものに心を乱されていた同僚のことの運び方に、彼女は感心させられました。誰かがロバートに、今日目にした場所についてどう思うかと尋ねると、彼は微笑みました。

「皆さんには正直でなくてはなりません」と彼は優しい口調で言いました。「午後の三時にパジャマ姿でブラブラ過ごしている人たちを見ると、私はいつも本当に落ち着かない気持ちになります。そうしたことはよくありません」。

それは賢明な対応でした。一定の立場から議論するのではなく、ロバートは、小さくあってもより大きな問題を象徴的に示す事柄を優しく指摘し、それから親と子どもたちについての話を続けました。親と子は共に並んで歩くことが必要だと彼は言いました。親子の目標は同じで、お互いに助け合う必要があります。施設の問題は彼らと私たちの問題ではありません。それは母親と父親と子どもたちみんなの問題なのです。

部屋の中の雰囲気が変わりました。緊張が和らぎ、対話が可能になる余地が生まれました。他にも、この出来事とその後の出来事でキャロリンを感動させたのは、知的障害者の間でロバートが「ロックスター」のような扱いを受けていることでした。プレゼンテーションが終わると人々が近寄ってきて、ロバートに触りたがる様子に、彼女は驚かされました。

にもかかわらず、ロバートにとってすべてがうまくいっていたわけではありませんでした。彼はIHCでの仕事が果てしなく再編されることに、特に一緒に働く人たちが入れ替わることに不安を感じました。

ロバートは自分が年を取ってきたことも自覚していました。どこに行っても、自分とは違う経験をしてきた若い人たちがいました。ニュージーランドでは、若者たちのほとんどは今では家族と共に育ち、普通の学校に行っている人さえ多くなっています。自分がもう若者のために簡単に話すことはできず、五十歳を過ぎた人間として、未来に向けた運動の顔であり続けることはできないことが、ロバートには分かっていました。

ロバートは時々うつ状態に落ち込み、彼と一緒の仕事を最初に引き受けたときにやったように、キャロリンがロバートをそこから懸命に引きずり出さなければなりませんでした。ロバートが物事を行う能力に自信を失っていたので、それは容易ではありませんでした。コンピュータの前に座っていたかと思うと、イライラして、自分にはできないと言って両手を挙げるのでした。ロバートがワンガヌイにいて、キャロリンがウェリントンに出かけていたときには、ロバートが電話に出ることさえできないこともありました。キャロリンが彼を意気消沈した状態から抜け出させようと励ますと、つっけんどんな言葉が返ってきました。

ですが二人は、ほとんどの場合一緒にうまく働き、ときには何度かの電話や電子メールで一緒にロバートのスピーチを書き、そして長いドライブやフライトでは、二人は運動についての夢を語り、時には個人的な将来を語りました。ロバートは、ファンガヌイ川の土手に動物を世話する場所――一種の動物園をつくるという夢を語りました。キャメロン住宅で彼がプラスチックの動物たちのために作った張り子の世界は彼の中にまだ残っていたのです。

キャロリンはロバートの気持ちを将来へ向かわせたいと思っていました。彼が過去を脇に置くよう努めなければならないことをキャロリンは感じていました。それまでのロバートの仕事では、自分の物語を語ったり、他の人たちの恐ろしい物語を聞いたりすることがとても多く、多分彼の物語が今度は自分をどこへ連れていくことができるかに集中すれば、ロバートの気持ちも少しは軽くなるでしょう。

二〇〇九年にメルボルンでのＶＡＬＩＤ（ビクトリア州障害のある人の権利擁護連盟）の会議に姿を見せたときに、彼が自分のスピーチのタイトルを「未来へ」としたのはこのためでした。

ロバートはＶＡＬＩＤのイベントに何年も参加してきました。ビクトリア州全体で活動する、障害者のための権利活動家で、ＶＡＬＩＤの役員であるケビン・ストーンは、オーストラリアの国内でも海外でもロバートと一緒に働いたことがありました。その間にストーンは、官僚との「舞台裏」の話し合いで、同じ人間として接することで、後で深刻なメッセージをぶつけることができる、ロバートの並はずれた交渉能力を目にしました。ストーンはロバートをオーストラリアでの施設閉鎖の闘いでの重要な支持者ともなったキウイ、オーストラリアでのリーダーであり助言者、人々にとっての大事な役割モデルと考えました。「私たちの間にはちょっとした海があるかもしれませんが」[38]とケビンは言います。「私にとってロバート・マーティンはラッセル・クロウやスプリット・エンズのようなものです。彼をオージー[39]（オーストラリア人）と言うことができて、私は幸せです」。

メルボルンの暖かい日に、ディーキン大学でのロバートのスピーチのために集まった人々は、彼の巡回教師ふうのライフスタイルを知っていて、彼がビートルズの「ア・ハード・デイズ・ナイト」の旋律が流れる劇場に入ると、笑いと拍手で応えました。そしていつものように、少年のような微笑みを浮かべたロバートは、自分が誰か、そして自分には知的障害があるということから始めました。そして地域のアボリジニーの人々とその先祖に感謝しました。彼は二分間ほど自分の経歴について語りましたが、この日は、自分は前を見て、将来を形づくる素晴らしい若い人たちと並んで立ちたいと語りました。

ロバートの頭上のスクリーンに映像が映し出されました――オートバイの上でポーズを取る若いカップルです。とてもお似合いの二人です、とロバートは言いました。スペシャルオリンピックスの選手で、友人で、同じアパートに住み、今では婚約しています。未来はこの二人のような人たちのものので、今は彼らがリードする時代なのです。知的障害者はもう問題ではありません。それどころか解決策の一部なのです。機会と支援が与えられれば、若い友人たちは未来をつくることができます。もう何かを求めて手を出すことはしません。両手を上に挙げ、参加の意思を示します。

ロバートは、何が可能かをずっと懸命に考えていました。知的障害者が国連総会での条約交渉で影響を与えられる時代には、地方のレベルでは何でも達成することができます。彼が自分の水晶玉をのぞき込んだとき、多様性に価値があり、誰にも居場所があり、誰もが学び、自分に価値があると感じることができる未来が見えました。そうした未来を達成するのには、新しい世代のセルフアドボケートが不可欠です。

次にロバートは、次第に別れの言葉らしくなってくる話の中で、目の前の若いリーダーに、先へ向かう道で成功するための方法について話しかけました。ロバートは言います。

これが私のレシピです。必要な材料は、大盛りの優れた支援者たちと、バケツ一杯の情熱と、二〇〇カップの自信と、たっぷり一つまみのあなたたちを信じる人たちでしょう。あなたたちには正直なフィードバック、数ガロンの信念と他の人たちの信頼、ポット何杯も何杯もの勇気が必要です。

調理法はといえば、かき回すことです。よくかき回します。ゆっくりとかき回します。一生懸命かき回します。できるだけ多くかき回しますが、かき回す速さをいつ落とし、いつ速めるかを学びます。

障壁を細切れにし、飛び越します。不可能をガラガラ回します。多くのものを混ぜます。多様性は偉大です。

夢を追いかけます。自分のペースで行きましょう。間違ってもかまわないことを知ります。あなたを育て、あなたを心地よくさせる人や物を周りに集めます。

信頼に足る人でいることで敬意を得ましょう。あなた自身に正直であることです。自分の強みと弱みを知るようにします。

あなたの知識を切り分けて他の人と分かち合いましょう。

いつリードし、いつ従うかを知ります。

すべてを一緒に混ぜ合わせます。忘れないでください、一緒になることで私たちは一層強くなります。

一緒にやることで、私たちはたくさんの料理を作れるのです。

ロバートが話し終え、一九六〇年代の歌である「サムシング・テルズ・ミー・アイム・インツー・サムシング・グッド[40]」がスピーカーから大きな音で流れると、群衆は声を限りに叫び、ロバートはもみくちゃにされました。それは信じられないほど感動的な瞬間でしたし、天真らんまんで活気にあふれた瞬間でした。

約六カ月後、ロバートはＩＨＣでのポストを辞しました。彼はワンガヌイの家へ戻り、そこで昔の生活の立て直しを始めました。今ではもっとスポーツをし、音楽のコレクションを拡大しています。たまにＤＪとして仕事をし、町中の旧友を訪ねます。地元のピープルファースト支部で活動し、ＩＨＣのためのボランティアの仕事をし、サマービル障害支援センターの若い人たちと時間を過ごすのを楽しんでいます。時には講演のために旅をし、時々はサービスの質を確認する仕事をします。

彼を知る人たちは、ライフスタイルの変化はロバートには良いことだと言います。少し前より幸福でリラックスしているように見えます。まるですごい重荷を、世界をもっと良い場所にするという責任を下ろしたようだと、キャロリンは言います。

変化についてロバートに聞くと、少しばかり余計にリラックスでき、リンダと過ごす時間が増えたことを楽しんでいると言います。今は自分を客観的に見ていることにも気づいています。あのずっと古い時代にアルマ・ガーデンズで現れた荒々しいものを、自分の中にほとんど見ることができません。闘士はいなくなり、その場所に今は交渉人がいます。とても愚鈍だった少年が教養人になったのです。ロバートとリンダは共に、ロバートを変えたのはこれまでの教育と幅広い経験だと考えています。こうしたものが彼を穏やかにし、より良い人にしました。彼は今の自分に満足しています。それどころか、自分がかつて感じていた恥辱はずっと前になくなったとロバートは言います。今、彼は自分の障害を誇りに思っています。

時間に余裕がもてるようになり、ロバートにはもう一度ワンガヌイの人になるチャンスが与えられました。人々がまたショッピングセンターで自分に気づいてくれるのを彼はとても喜びました――時には三十年前の知人が。彼らはロバートのところへやって来て、ロバートを新聞やテレビで見たと言い、お祝いを言い、ずっと昔に町に住んでいたあの向こう見ずな若者かと聞きます。

ロバートが「引退」した後になって、マスコミがようやく彼を追いかけるようになったのはちょっぴり皮肉なことです。障害を中心に取り上げるアティチュード・テレビが、ロバートをその栄誉殿堂に最初に入る人物としたことで、関心の火付け役となりました。この番組はその後で彼についての短いドキュメンタリーを制作し、ロバートは今では地元紙に、あれやこれやの理由で定期的に姿を見せています。

つい最近登場したのは、ニュージーランド政府がロバートを国連障害者権利条約の実施を監視する委員会の候補者に指名したことを知らせる記事でのことでした。やはりワンガヌイに住む、ニュージーランドの障害問題担当大臣、タリアナ・トゥリアが、その指名をニューヨークで自ら行い、ロバートの人生経験とその記録から見て彼は国際的に素晴らしい候補で、指名の反響に興奮したと述べました。「故国のニュージーランドでは、ロバートが当たり前の存在になっていると思います」と大臣は言いました。「私は彼をワンガヌイで見かけます。彼が町を歩いているのを見かけます――それでもここでは、彼は英雄です」。

国連本部でロバートへの支持があるからといって、指名が成功する保証はありません。二〇一六年の最終投票の前に運動が行われ、それには、知的障害者が国連の委員会の席に着くという、かつては考えられなかったことを実現する時が来たことを、十分な数の代表に確信させることが含まれるでしょう。

一方で、ロバートにとっては、こうした展望は胸躍らせるものです。彼の並はずれた物語の最終章です。ロバートは指名が成功するチャンスについて何の幻想も抱いていませんが、自分がその一部である歴史的な瞬間を認識していて、さらに、自分が大きな、もっと重要な物語の一部であることも認識しています。「お分かりでしょう、それはスタートでしかありません」とロバートは言います。「最初の一歩を踏み出す人はいつも必要ですが、素晴らしいのは他の人たちが後をついていくことです」。

あとがき

私の見る夢があります。それは一面の緑の葉が、列をなして植えられた広大な畑から始まります。それは多分カブの葉やキャベツのみずみずしい緑で、地平線まで延々と続きます。例外は空のあるべきところで、そこには雪に覆われた山々があります。

今は夜ですが、山々はその白さの中で月明かりを捉え、その光をますます明るくします。一つの人影がはっきり見え、必死に走って山々から離れ、道路に向かいます。小さな男の子が緑の葉の列の間を走っています。

もちろんその夢はロバートの夢です。私自身の無意識の中に潜り込んだいくつかの夢のうちの一つで——政府が彼をもっと良い人間にしようとした、カリオイ時代のロバートの記憶です。

時々そうしたいくつもの夢が夜中に私を目覚めさせます。それは映画制作者の想像ですが、その物語の悲しさだけのためでなく、物語の痛みの中に自分たちが占める部分を考えることを私たち皆に求めるために、ロバートの物語を明らかにすることを、私がどれほど不安に感じたかを示すものでもあります。集められたロバートの生涯の断片は、より広い、傷つけられた多くの命といくつもの施設という巨大な列島の、ほとんど忘れられた歴史の小さなかけらです。それはロバートが記憶にとどめたいと思った、私たちの国の歴史の一部です。私たちが本当にインクルーシブな社会になるためには、その前に、私たちが過去に行ったことを認める必要があると、ロバートは考えています。過去の過ちに対する謝罪がなされなければならないと彼は言います。ロバートが私たちに求める議論を促すのに本書が役立ってほしいというのが私の希望です。

このプロジェクトに十年ほどを要しましたが、それは物語の価値を疑った資金提供者や放送関係者に関する困難のためだけでなく、私が信ぴょう性のある方法で語るのに苦心していたためでもあります。ロバートは好んで、知的障害は一つの文化だと言いますが、その通りかもしれません。確かに、私が彼と共にいろいろな場所を訪れ、彼の言う友人たちの間を移動してきて、私はしばしば、現地の方言について限られた理解しかできない外国人のような気がしていました。

にもかかわらず、私がこの最後の言葉を書いていると、自分がこの将来への希望の物語を共有していることに満足し、二〇〇六年に私がロバートと共にした車での長旅を思い出します。

ロバートが住んできた場所を訪れて、一緒にドライブした長い一日の終わり近くに、自分の人生を振り返ってみてどんな気持ちかと彼に尋ねました。カーステレオは彼の一九九〇年代の終わりのCDのうちの一枚を演奏していて、ロバートは一瞬間を置きました。

「そうですね」とロバートは遠くを見つめるようにしながら言いました。「私は、前はいつも怒っていました。私はニュージーランドが私と友人たちにしてきたことに怒っていましたが、もう怒ってはいません。当時はそうだったというだけのことです」。

それからロバートは、旅であった生活について語り、彼にとって道の多くは厳しいものでしたが、それが今の彼をつくりもしたと言いました。そうした悲しみや苦労がなかったら、自分がやってきたことを達成できなかったろうと彼は言いました。「そう、そうです、それは旅でした。長い旅でした。つらい旅でした。でもそのおかげで私は無価値な存在、つまらない人間から、人になることができました」。

謝辞

本書の刊行は、私が大いに感謝する多くの人たちの貢献なしには不可能だったでしょう。そうした人たちの中心となるのは、ときに関連づけるのが難しかった、最終稿の背景となっている、経験や物語を寛大にも分け与えてくれた数百人の人たちです。特に、デスモンド・コリガン、アリソン・キャンベル、そして故ジェフ・ビューケネクスには、時間と記憶を提供してもらいました。リンダ・マーティンにも、私を家へ迎え入れてくれ、私の質問に快く応えてくれたことに感謝します。

私はアン・ハントの仕事に感謝したいと思います。彼女の本である『ザ・ロスト・イヤーズ[41]』が私に背景知識を与えてくれ、彼女は私のためにジェフ・ビューケネクスを捜してくれました。

このプロジェクトを通しての友人と同僚の励ましと支援がとても重要でした。特に、ドキュメンタリーの資金調達先を探すのを助けてくれ、本書の語りの部分の多くのインタビューを上手に行ってくれた、ジュディ・ダンカンに感謝します。キャロリン・ストーブスはいつも助言をしてくれ、正確性のチェックのためにロバートと原稿を分け合って、多くの時間を費やしてくれ、ゲア・マクレーは私の熱意が衰えたときにいつも背中を押してくれました。

他の人たちにこの物語の重要性を理解してもらえないときに理解してくれた、クレーグ・ポットン・パブリシングのロビー・ブルトンに感謝しています。編集者のジュード・ワトソンが、ロバートの声がもっとはっきり聞こえるように、原稿の焦点を絞るよう後押ししてくれました。

とりわけ、彼の並はずれた物語に関して私を信頼してくれたロバート・マーティンに、私は感謝します。ロバート、それは大変な栄誉で、私がその信頼にきちんと応えられているといいのですが。

訳者注

（1）ＩＨＣ（New Zealand Society of Intellectually Handicapped Incorporated）　知的障害児の親が一九四九年に設立した。現在は知的障害者とその家族にサービスを提供する登録ＮＧＯ。（詳細は本文一〇五ページ参照。）

（2）マオリ女性福祉連盟　ニュージーランドの先住民であるマオリ族とヨーロッパ系の女性の友好促進のため、また他の女性団体との協力のため、一九五一年に設立された非営利団体。

（3）捺印証書　イギリス法の用語で、氏名変更など当事者の一方のみが作成する契約書の一種。

（4）補助移民　第二次大戦後の労働力補充のため、一定基準を満たす渡航者にニュージーランド政府が渡航費の援助を行った。（一九五〇年代にオランダまで枠が拡大された。）

（5）ネットボール　バスケットボールのルールを基準に、女性が競技できるよう改良されたスポーツ。主にイギリス連邦の国と地域を中心に、二千万人を超える競技人口をもつ。

（6）フォスター・グロスター　英語の童謡集であるマザーグースに出てくる人物。十三世紀の英国王エドワード一世がモデルと言われる。

（7）イートン校　一四四〇年に創設された英国の男子全寮制パブリックスクール。ロンドン西郊に位置する。

（8）国王　国王（the Crown）は、関連する英連邦王国の政府が当事者となる民事訴訟においては、原告にも被告にもなる。

（9）ウイートビックス　ニュージーランドで最も人気のある朝食シリアル。

（10）ガリー、サードスリップ　共にクリケットの守備位置。野球で言えば、二塁と三塁の間あたり。クリケットの詳細については注15を参照。

（11）ボニーとクライド　一九三〇年代前半にアメリカ中西部で銀行強盗や殺人を繰り返した、ボニー・パーカーとクライド・バロウ。映画『俺たちに明日はない』で取り上げられた。

（12）トラックパンツ　履き心地が軽くて伸縮性があり、動きやすいジャージー素材を使用したスポーティなパンツ。

（13）ランファリー・シールド（盾）　一九〇一年にニュージーランド総督ランファリー卿が、ラグビーの州選手権の勝者にと、トロフィーを寄贈したことから始まった国内選手権。

（14）ラタナ・パ　一九一八年にタフポティキ・ウイレム・ラタナが、マオリ救済をマオリの言葉で説いた宗教団体の本拠地で、ワンガヌイに近い。現在も、彼の子孫や敬虔な信者たちが生活を共にしている。この教団の信者は一時マオリ人口の三分の一を超え、政治にも進出した。

（15）クリケットのゲーム　各一一人で構成される二チームが、攻撃側と守備側に交互に分かれて対戦する。フィールドの中央に長さ二〇メートルの長方形のピッチがあり、その両端に三本の杭とそれを上部で繋ぐ梁で構成されるウィケットが刺さっている。一方のチームは打ち、出来るだけ多くのラン（点）を得ようと試み、もう一方のチームはボールを投げ、野手（フィルダー）が守備を行い、打者（バッツマン）をアウトにして相手チームの得点を抑えようと試みる。

投手（ボウラー）が六球投球することを一オーバー（これでボウラーが交代する）といい、攻撃側が一〇人アウトになるか、五〇オーバー（三〇〇球）経過した場合にイニング終了となり、攻守交替する。先攻後攻それぞれ一イニングずつ攻撃し、ランの多いほうが勝利チームとなる。

二人のバッツマンがそれぞれのウィケットの前に立ち（ゲームの最初にピッチに上がる二人を「オープナー」と言う）、片方がボウラーの投げる球を打つ。ランはバッツマンがボールをバットで打ち、二人が互いにピッチの反対側の端に走り、アウトになることなくウィケットの下に引かれた線に触れることで加算される。バッツマンがアウトになるのは、ボウラーの投球によりウィケットが直接倒された場合（ボウルド）、バッツマンが打った飛球をグラウンドに着く前にキャッチされた場合（コート）、バッツマンが走っている間にボールがウィケットに戻ってきて、送球により、または捕球したフィールダーがボールで触れ、ウィケットが倒された場合である。

（16）フットボールコード　さまざまなフットボールの派生競技のことで、ニュージーランドには、「世界標準」のサッカー、そして「ラグビー」にはラグビーユニオンとラグビーリーグなどのフットボールコードがある（コードとは規則体系のこと）。

（17）ローンボウルズ　ボウルと呼ばれる偏心球を、目標球（ジャック）のどれだけそばに近づけられるかを競う球技。イギリス発祥のスポーツで、ボウリングの前身でもあり、オーストラリアやカナダ、ニュージーランドといったコモンウェルス諸国で人気がある。シングルス、ペアーズ、トリプルズ、フォアーズの四種目がある。

（18）ミンティ　ニュージーランドの飴で、包み紙にミンティを食べて一息入れないとやっていられないような、トホホな場面を表した漫画が描かれている。

（19）ナンバースリー　フォアーズの三番目に投げる人。

（20）コモンウェルスゲームズ　イギリス連邦に属する国や地域が参加して四年ごとに開催される総合競技大会。

（21）セカンダリースクール　ニュージーランドの中等教育学校で、一四–一八歳が対象。

（22）ドナルド・ビーズリー研究所　ニュージーランドのダニーディンに本拠を置く独立のNGOで、知的障害者を中心とした障害者の福祉増進のための研究を行う。

（23）オーケ・ヨハンソン　一九三一年生。九歳のときから三五年間施設で暮らした後、一九八四年から全国知的障害者協会理事として活動。（オーケ・ヨハンソン、クリスティーナ・ルンドグレン著／大滝昌之訳、

一九九七、『さようなら施設――知的障害者の僕が自由をつかむまで』ぶどう社　参照。）

（24）E（夫人）対イブ事件　知的障害のある二四歳の娘の不妊手術の許可を母親が求めた事件。一審では認められず、控訴審で認められたが、最高裁で否定された。

（25）ジ・アッシズ　二年に一度行われるイギリスとオーストラリアの間のクリケット対抗戦シリーズ。一八八二年に最初に行われた。

（26）知的障害をもつ人が国連で演説した最初の機会　一九九二年十二月、「国連障害者の十年」（一九八三―一九九二年）の終結の国連総会。

（27）『セルフアドボカシーの信念、価値、原則』　邦題は仮訳。当初はインクルージョン・インターナショナルの冊子として刊行され、その後出版された。（*The Beliefs, Values, & Principles of Self Advocacy* by Barb Good, Ake Johanson, Inclusion International Committee on Self-Advocacy, publisher: Brookline Books, 1995）

（28）人道サービス・グンナー・ディバット賞　米国知的・発達障害協会によって授与される、アメリカの学者で著名な人権活動家の名がつけられた賞。

（29）スクラブル　アルファベットが書かれたコマをクロスワードパズルのように並べて点数を競う、欧米で人気のゲーム。

（30）T４計画　ナチス・ドイツで優生学思想に基づいて行われた障害者殺害政策。一九三九年十月から開始され、一九四一年八月に中止された。作戦の拠点がベルリンのティーアガルテン通り四番地（Tiergartenstrasse 4）の建物にあったことから、その頭文字をとってこう呼ばれた。（『ナチスドイツと障害者「安楽死」計画』ヒュー・グレゴリー・ギャラファー著／長瀬修訳、現代書館、一九九六年　参照。）

(31) パインツリー・ミーズ　コリン・ミーズの愛称。一九五八年に二三歳以下のニュージーランド代表として日本遠征を行った際、チームメイトのケン・ブリスコーによって名づけられた。
(32) エヴァース＝スウィンデル　ボート競技のダブルスカルの、有名な姉妹ペア。
(33) ラグビーリーグ　よりスピーディで、エキサイティングで、取りつきやすいラグビーのコード。英国北部とオーストラリアで人気がある。
(34) インクルーシブ　「あらゆる人が孤立したり、排除されたりしないよう支援し、社会の構成員として包み、支え合う」という社会政策理念。
(35) オープン・ユニバーシティ　イギリスで一九七一年に開校した成人のための放送大学。家庭でテレビ、ラジオによる放送を利用し、それに郵送による教材の学習、スクーリング等を織り交ぜ、所定のコースを修了すれば、一般の大学と同レベルの学位が取得できる。
(36) レソト　レソト王国、通称レソトは、アフリカ南部に位置する立憲君主制をとる国家で、イギリス連邦加盟国。周囲を南アフリカ共和国に囲まれ、首都はマセル。
(37) キウイ　キウイはニュージーランドの国鳥なので、ニュージーランド人のことをキウイと呼ぶことがある。
(38) スプリット・エンズ　ニュージーランドで最も人気のあるポップグループ。
(39) オージー　オーストラリアのことだが、ここでは親しみを込めて、「オーストラリア人と言いたいくらいの特別な人」だという意味。
(40) サムシング・テルズ・ミー・アイム・インツー・サムシング・グッド　一九六四年にイギリスのバンド、ハーマンズ・ハーミッツのデビュー・シングルとしてヒットした。邦題は「朝からゴキゲン」。
(41) ザ・ロストイヤーズ　邦題は仮訳。*The Lost Years: From Levin Farm Mental Deficiency Colony to Kimberly Center*, by Anne Hunt, 2000, Christchurch, NZ: Anne Hunt.

解説　私の知らないロバート・マーティン

長瀬　修

ロバートと最初に会ったのは、本書でも記述されている一九九八年にオランダのハーグで開催されたインクルージョン・インターナショナル（国際育成会連盟）の世界会議だったと思う。間もなく二十年になる計算である。これまでに十回以上は会ってきた。しかし、著者のジョン・マクレー氏から思いがけず受けた取材が活用されている本書を読んで、私はロバートのことについてあまりにも知らないことが多かったことに気づかされた。

冒頭のメッセージに記載されているように、ロバートは来日の経験も多い。一九九九年の全日本手をつなぐ育成会全国大会（札幌市）で講演をした際に、私は通訳者を務めた。また、二〇〇四年のピープルファーストジャパン設立大会（東大阪市）など、知的障害者の組織であるピープルファーストジャパンから何度も招聘されている。ロバートに共感する日本の知的障害者は多いからである。二〇〇九年の来日の際に、ある日本の知的障害者リーダーは、「私はこの日を機会にロバート氏のように堂々と生きていきたいし、彼のようにたくさんのことを伝えていきたい、と思いました。生きる権利とそして伝えていくべき言葉やメッセージ……。言葉や国が違っていても共感できる部分はたく

さんありました。そして人らしく当たり前に生きて行きたい」という感想を述べている。(注1)

ロバートと定期的に会う機会が生まれたのは、私がインクルージョン・インターナショナルの理事・アジア太平洋地域代表となった二〇〇四年以降である。知的障害者として初めてインクルージョン・インターナショナルの理事となったのは、本書に登場するバーブ・グッド氏（カナダ）である。彼女は一九九二年に理事に就任している。私が国連事務局障害者班職員として立ち会った「国連障害者の十年」終結の国連総会（九二年十二月）で発言したのがグッド氏だった。(2) 本書で述べられているように、知的障害者としては、初めての国連総会での発言だった。彼女自身は、自由に自分が希望する内容で発言ができなかったことが不満だと回顧している。(3) 今では考えづらいことかもしれないが、身体障害者である国際的障害者リーダーの存在を無視する、つまり尊厳を傷つけるような国連職員の対応を私も目撃している。そこからも、ロバートの先輩であるグッド氏がどのような対応を受けたのか想像することができる。

ロバートはグッド氏を継いでインクルージョン・インターナショナルの理事になった二人目の知的障害者である。オランダ世界会議で理事に就任し、規約で定められている上限である三期一二年を務め、二〇〇八年に理事会から退くまで、組織内で大きな存在だったのみならず、国際的にも、世界の知的障害者を代表する活躍ぶりだった。インクルージョン・インターナショナルの規約は、各地域ブロックから選出される二名の理事のうち一名は知的障害者でなければならないと規定している。現在、理事の三分の一は知的障害者である。こうした知的障害者の意思決定過程への参画拡大という変革のためにロバートは闘ってきた。

障害者の参加を求める〝Nothing about us without us〟（私たちのことを私たち抜きで決めないで）という言葉が繰り返し語られた障害者権利条約の交渉過程で活躍したロバートが、特に重視したのが地域生活に関する第十九条である。インクルージョン・インターナショナルが同条に関する市民社会側のファシリテーターを務め主導権を握った背景には、ロバートの大きな存在があった。国連の議場では、知的障害者が発言するということ自体が当初は注目されていたが、ロバートが、本書に記されている、時には悲痛な体験に触れて、家庭生活と地域生活の重要性を繰り返し述べると、議場がとりわけ静まりかえったものだ。

ロバートのそうした公的な活動の一部に触れる機会があり、私的な部分についても少しだけ知る機会があった私だが、本書を読んで、知らなかった面があまりに多かったことにショックを受けた。それはロバートに限ったことではないだろうが、一人の人間が苦労して尊厳を獲得していく姿に心打たれた。

東南アジアの知的障害者の本人活動（セルフアドボカシー）促進に、二〇〇七年から協力する機会を私は得ている(4)。（そうしたリーダーの一部は、本書でも描かれているように、本人の同意のないまま思春期前、親と医者によって不妊手術を受けさせられている。）当初はおとなしかった知的障害者が、機会を得て経験を積むにしたがって見違えるように変貌する姿を目にしてきた。考えれば当然だが、ロバートにもリーダーとなる前の姿があったのである。

私の知るロバートは、「橋渡し役」である。まず、知的障害者と家族の橋渡し役である。知的障害者を含むファミリーの組織であるインクルージョン・インターナショナルにおいて、語らない知的障害者、いわゆる「重度」知的障害者の声を誰が担うのかという議論がある。担うのは、発言できる知的障害者であるという主張と、家族であるという主張の対立が時には表面化してきた。しかし、ロバートは「家族を疎外してはならない」と語ってきている。そうした姿勢が、本書に記述されている家族の役割を認知する条約前文（ｘ）となって実ったのである。

次に知的障害者と他の障害者との橋渡し役である。インクルージョン・インターナショナルの代表としてロバートは、国際的な障害者組織のネットワークである国際障害同盟（ＩＤＡ）の会合に参加し、他障害のリーダーと多くの接点をもった。他のリーダーから多くを学んだロバートから、他のリーダーも多くを学んだのである。

最後に、知的障害者と社会全般との橋渡し役である。その役割をいっそう広げようとする動きが、国連の障害者権利委員会への立候補である。二〇一六年六月に行われる障害者権利委員会委員の選挙で当選すれば、ロバートは障害者権利委員会という条約締約国の審査を行い、締約国に勧告を行う一八名の委員会に、知的障害者である専門家として初めて就任する。実現すれば、知的障害者の政策決定過程、意思決定全般への参画を進める上でも重要な一歩となる。合理的配慮や、必要な支援を得て活躍してほしい。

関連して本書で使われている「セルフアドボケート」について付言する。本書冒頭の日本の読者へのメッセージから本書で頻出するこの言葉について、問い合わせたところ、ロバート自身は「知的障害者である自分たち自身の権利や、他の知的障害者の権利のために声を上げている知的障害者」と説明してくれた。ロバートはセルフアドボケートという言葉では、知的障害者全般を意味してない。本人活動（セルフアドボカシー）に参加している知的障害者と言うこともできるかもしれない。

この使用法は、日本語の「障害当事者」と似ている。例えば、中西正司氏は、「障害者は障害をもっているだけで、障害当事者となるわけではない」とし、「……その社会を変革していこうと決意したときに初めて当事者となる」と述べている(5)。

しかし、障害当事者という言葉が、単に障害者という意味で使われることがあるように、セルフアドボケートも、一般には単に知的障害者という意味で使われることがある点に読者には留意してほしい。後者の場合には、日本語の「本人」とほぼ等しい使用法である。

ロバートが経験し本書で描かれている数々の困難は、多くの障害者、とりわけ知的障害者が現在も経験させられている困難であることも指摘したい。それは、二〇〇六年に国連総会で採択され、日本が二〇一四年に批准した障害者権利条約でも取り上げられている。たとえば、尊厳と社会的障壁（第一条）、障害児の意思表明権（第七条）、偏見（第八条）、法的能力（第十二条）、虐待（第十六条）、入所施設と地域生活（十九条）、不妊手術・断種手術（第十七条、第二十三条）、仕事（第二十七条）、スポーツやレジャー（第三十条）である。カッコ内は、対応する障害者権利条約の条文番号である。これらの多くは当時のニュージーランドの問題であるのみならず、現在の日本を含む世界の課題でもあることが示されている。

本書は、「知的障害者」であるロバート・マーティンの苦難に満ちた成長の軌跡であるとともに、誰もが経験する可能性のある、家族そして地域社会との葛藤そして和解の物語である。変革を起こしてきた知的障害者の物語であり、知的障害者と共に変革を起こし、担ってきた同志の物語である。障害者、知的障害者本人を含むファミリーが今も経験し、経験させられている社会とのせめぎあいの物語である。

二〇一四年に原著が刊行され、是非、日本語での翻訳出版を実現したいと思った。そこで、お世話になっている翻訳家の古畑正孝氏に打診したところ、快く翻訳の労をとって下さった。心からお礼を申し上げる。また、現代書館からの刊行が実現するのに骨を折ってくださった編集者の小林律子氏に深く感謝する。

障害者差別解消法が施行される年に本書が日本語で読めることが本当にうれしい。

注

（1）全国本人活動連絡協議会　http://blog.canpan.info/honnin/archive/20（二〇一五年十一月十八日アクセス）。

（2）長瀬修、一九九三年、「『国連障害者の十年』の終わりに障害者問題への大きな関心」『障害者の福祉』第十三巻第一号（通巻一三八号）、二-八頁。

（3）Goode, B. 2011. *The Goode Life: Memoirs of Disability Rights Activist*, Raleigh: USA.

（4）知的障害者のセルフアドボカシーについては、下記を参照。寺本晃久・立岩真也、一九九八年、「知的障害者の当事者活動の成立と展開」『信州大学医療技術短期大学部紀要』二三、九一-一〇六頁。http://

www.arsvi.com/ts/1998a01.htm（二〇一五年十一月十八日アクセス）。
（5）中西正司、二〇一四年、『自立生活運動史――社会変革の戦略と戦術』現代書館。

訳者あとがき

本書は、「障害者を施設から地域社会」へという流れの中で、障害者の権利の実現に大きな役割を果たし、今も活躍を続けるニュージーランドの知的障害者、ロバート・マーティンの伝記であるJohn McRae 著 *"Becoming a Person"* を翻訳したものです。

ロバートの物語は、いくつもの施設を転々とし、家族からも受け入れられないという、その幼年から少年時代の数々の苦難に涙させられるとともに、成人してからの、ニュージーランドのみならず、国連での障害者権利条約の審議への参加にまでいたる、世界を舞台とする活動家としての活躍に心踊らされる、感動の物語です。

また、ドキュメンタリー映像の作家である著者がカメラの代わりにペンを取って書いたこの本は、ロバートと関係者の肉声を直接聞くことができるような構成がとられています。そのためもあって、障害と共に生きていくことがどういうことか、施設で暮らすことがどういうことかについての、ロバートと友人たちの経験がじかに伝わってきます。そればかりか、社会一般の人たちが障害者にどう向き合ってきたか、障害者が経験してきた苦しみにどれだけ責任を負うべきかについての問いかけにも鋭いものがあります。

表題の"Becoming a Person"（「人になっていく」）が何を意味するかについてはいろいろな意見があろうかと思いますが、多くの人々に支えられながらロバート自身が努力して成長していく過程を示すとともに、ロバートをはじめとする障害者自身の努力とよき理解者の支援によって、障害があっても一人の人間であることが周囲に認められるようになっていったことの両方を意味していると考えると、本書のメッセージが理解しやすいのではないかと思います。

後者の側面については直接にはあまり多くが述べられていませんが、例えば、キンバリーの閉鎖を祝う、ウエリントンでのピープルファーストの行進を見る市民についての、次のようなデスモンドの言葉が、知的障害者が自ら成し遂げたことを雄弁に語っていて感動的です。

人々が見せる最も普通の感情の一つは憐れみでした。ですが、ピープルファーストがウエリントンを行進した日、歩道に立ち、オフィスの窓から見守っている群衆を見ても憐れみの気持ちは感じられませんでした。私が見たのは敬意でした。それは大きな変化でした。

巻頭のロバートの日本の読者へのメッセージにもあるように、本書が障害者の方たちが「山に登る」ことに役立ってもらえたらと思います。また、障害に限らず、さまざまな困難とともに生きる人たちに、困難を乗り越える勇気をもってもらうとともに、著者の言う「人であるとはどういうことか」という問いかけについて考えるきっかけに、本書がなれたら幸いです。

本書の翻訳を勧めていただいたばかりか、出版のために現代書館を紹介いただき、さらには監訳者として、障害関係の専門家でない訳者のためにさまざまな助言を頂くとともに、解説の執筆の労までとっていただいた長瀬修氏には深くお礼申しあげます。文字どおり、長瀬氏のお力なしにはこの本の出版はありませんでした。

また、度重なる問い合わせに快く応じていただいた著者のマクレー氏、出版に当たっていろいろとお骨折りいただいた現代書館の小林律子氏にも深く感謝申し上げます。

二〇一六年　一月

古畑正孝

❖監訳者略歴

長瀬　修（ながせ・おさむ）

現在は、立命館大学生存学研究センター客員教授、インクルージョンインターナショナル理事・アジア太平洋地域代表。過去には青年海外協力隊員（ケニア）、八代英太参議院議員秘書、国連事務局障害者班職員（ウィーン、ニューヨーク）、国連カンボジア暫定統治機構国際投票所責任者、パレスチナ自治選挙監視員、東京大学特任教員等。主な著書に『わかりやすい障害者の権利条約――知的障害のある人の権利のために』（編、二〇〇九年、全日本手をつなぐ育成会）、『障害学への招待』（共編著、一九九九年、明石書店）他。

❖訳者略歴

古畑正孝（ふるはた・まさたか）

一九四五年東京生まれ。早稲田大学政治経済学部卒業。横浜市役所、横浜市国際交流協会等勤務を経て翻訳業として現在に至る。

John McRae（ジョン・マクレー）
作家、ドキュメンタリー映画制作者。ニュージーランドの鉱夫の家に育って教師となり、その後テレビディレクターとしての教育を受け直した。障害者の生活についての物語の共有と一般の人々の啓蒙に多くの時間を費やし、ニュージーランドのろう者コミュニティと知的障害者の間で幅広い仕事をしてきた。最もよく知られているのは、すべての子どもたちへの平等な教育推進のための作品である。
現在はニュージーランド最大の教育労働組合のコミュニケーション専門家。3人の子どもと妻のケイと共にオークランドに住む。

世界《せかい》を変《か》える知的障害者《ちてきしょうがいしゃ》：
ロバート・マーティンの軌跡《きせき》

二〇一六年二月十日　第一版第一刷発行
二〇二三年十月二十日　第二刷発行

著　者　ジョン・マクレー
監訳者　長瀬　修
訳　者　古畑正孝
発行者　菊地泰博
発行所　株式会社現代書館
東京都千代田区飯田橋三-二-五
郵便番号　102-0072
電　話　03（3221）1321
FAX　03（3262）5906
振　替　00120-3-83725

組　版　具羅夢
印刷・製本　コーヤマ
装　幀　箕浦卓

校正協力・西川　亘／地図制作・曽根田栄夫
 ISBN978-4-7684-3544-1
定価はカバーに表示してあります。乱丁・落丁本はおとりかえいたします。
http://www.gendaishokan.co.jp/

活字で利用できない方のための
テキストデータ請求券
『世界を変える知的障害者
ロバート・マーティンの軌跡』

現代書館

ビル・ウォーレル 著／河東田 博 訳
ピープル・ファースト：当事者活動のてびき
――支援者とリーダーになる人のために

「知恵遅れ」と呼ばれ、自らの意思、存在を無視されてきた人たちが、「まず人間として」存在を主張し始めた。知的障害者の当事者運動発生の地、カナダのピープルファーストで作られた、『支援者のための手引き』『当事者リーダー養成のための手引き』の日本向け訳。

1600円＋税

カリフォルニア・ピープルファースト 編／秋山愛子・斎藤明子 訳
私たち、遅れているの？【増補改訂版】
――知的障害者はつくられる

親、施設職員や教員など周囲の人々の期待の低さや抑圧的環境が知的障害者の自立と成長を妨げていることを明らかにし、本当に必要なサービス＝ランタマン法を提言した画期的報告書『遅れを招く環境』の翻訳。サービス支給プロセスへの当事者参画を紹介。

1800円＋税

河東田 博 監修
福祉先進国に学ぶしょうがい者政策と当事者参画
――地域移行、本人支援、地域生活支援国際フォーラムからのメッセージ

施設を完全になくしたスウェーデン、地域移行途上のオランダ、未だに施設中心の日本。三カ国の知的障害当事者と支援者、オーストラリア・日本の研究者、福祉関係者による、地域移行、地域生活の実態と支援の課題を語り合った国際フォーラムの報告。

2300円＋税

J・ラーション 他 著／河東田 博 他 訳編
スウェーデンにおける施設解体
――地域で自分らしく生きる

一九九九年十二月までにほぼ全ての入所施設が解体され、入所者たちは思い思いの方法で地域で暮らし始めた。百年の歴史をもつ知的障害者入所施設ベタニアの歴史と解体までの軌跡、施設で暮らしてきた本人とその家族、施設職員の反応・感情をつぶさに記録。

1800円＋税

パンジーさわやかチーム・林 淑美・河東田 博 編著
知的しょうがい者がボスになる日
――当事者中心の組織・社会を創る

知的障害者授産施設パンジーで、当事者自身が施設運営する組織にしようと特別チームが取り組んできた二年間の軌跡。戸惑い、不安、仲間の離脱という挫折を乗り越え、見えてきた展望。そこに至る本人たちのエンパワメントと支援者の関わりの記録。

1800円＋税

ヒュー・ギャラファー 著／長瀬 修 訳
ナチスドイツと障害者「安楽死」計画【新装版】

アウシュビッツに先き立ち、ドイツ国内の精神病院につくられたガス室等で、二十万人もの障害者・精神病者が殺された。ヒトラーの指示の下で、医者が自らの患者を「生きるに値しない生命」と選別、抹殺していった恐るべき社会を解明する。資料多数。

3500円＋税

定価は二〇二三年十月一日現在のものです。